さよなら優しい男

火崎勇
You Hizaki

LUNA NOVELS

Illustration

木下けい子

CONTENTS

さよなら優しい男

今日の外出は単なる気晴らしだった。

ここのところいいことがなく、今一番の大きい仕事も頓挫《とんざ》したという報告を受けたばかり。

遊ぶ相手にことかかなかったのに、最近立て続けにバッグだ靴だとねだる顔だけの恥じらいすらない女に当たり、もうそんな気にもなれなかった。

禁欲的、とまでは言わないが、当分遊びはいいと思うほどウンザリだった。

そんな時だ。

「結婚式に、ちょっとでもいいので出ていただけないでしょうか？」

と部下の森永《もりなが》が言ってきたのは。

森永は、まだ入社して二年目の新人だった。

だからこそ、社長に顔を出して欲しいというのは過ぎた望みとわかっていての『ちょっとでも』という発言なのだろう。

これがいつもだったら、面倒なので祝い金と電報程度で済ませていたのだが、仕事で煮詰まっていたので、どこか仕事と関係ない場所へ行ってみたくなったのだ。

会場と知らされたホテルは何度か使ったことがあるロワイヤルホテル。そこのバーは落ち着いていて酒の種類も多く嫌いじゃなかった。

ちょっとだけ顔を出して森永に箔を付けてやり、一杯飲んで帰ればいい。

その程度のつもりで出掛けたのだ。

ホテルは悪くはなかった。

結婚式も悪くなかった。

花嫁もまあまあ美人だったし、父親の代から付き合いのある業者だった森永の父親からは、俺の会社に入れた息子がまともになったと、涙ながらに礼を言われた。

だが、最後までいる気になれなかったのは、若い新郎新婦の友人達のバカ騒ぎだ。

酒が入り始めると彼等がだんだんとざわついてきたのだ。その上、壇上では退屈な親戚の挨拶が始まった。

このまま居ればうるさいことになると思った俺は、ホテルマンに『仕事があるから』と一言伝言させて会場を出た。

既に会場は俺が抜け出してもわからない状態なのは却《かえ》って幸いだった。

二階の会場から、エレベーターで下りようとしたが、待っていてもなかなか箱が来ないので、すぐ近くにあった緩いカーヴを描く円形の階段から下へおりる。

恐らく、花嫁などが記念の写真を撮るためのスポットなのだろう。

美しく飾られた唐草の手摺《てす》りに掴まり、ゆっくりと階下へ。

一階は広いティーラウンジになっていて、平日の昼間である今はあまり客の姿はなかった。

点在するソファ席が、上から眺めるとよく見える。

そう思った時、丁度そこから出てきたサラリーマンの二人連れの姿が見えた。

年配の男性と若い男。

白髪混じりの男は軽く会釈をし、去っていったが、その人物に頭を下げていた方の若い男が顔を上げた時、俺はその顔にちょっと魅了された。

鼻梁の綺麗に通った、すっきりとした顔立ちだ。

片鱗だけでも、好みの顔だとわかった。

こっちを向いて、もっとよく見せてくれないだろうかと思った時、まるでその気持ちが通じたかのように、男は振り向き、階段を下りきった俺の方を見た。

白い肌、細い体つき、少しきつめな目ではあるが、誠実さが顔に表れたようなしっかりとした顔立ち。

完全に好みの顔だ。

その少しきつい目が、階段を下りてくる俺の姿を見て色を変えた。

驚いたように見開かれたかと思うと、まるで刷毛《はけ》で塗られたように瞳が潤み、瞬きもせずにツーッと涙を零《こぼ》したのだ。

薄い唇が小さく息を漏らそうとした格好のまま止まり、だらりと下げていた指先が僅《わず》かにこちらに向かって動いたが、それもまた手を差し伸べるより低い位置で固まっている。

…他人が、恋に落ちる瞬間を見たことはあった。

美人だからとか、いい身体をしてるからとか、優しくされたからという理由で、パッと顔を赤く

して『惚れた』と顔に書いてしまうところを。

だが自分がそんな気持ちになるとは想像したこともなかった。

自分にとって、今までの恋愛は『気に入った』から始まる程度のものだったから。

だがその時、真っすぐに俺を見つめながら時間を止めたように動かなくなってしまったその青年に、自分の心が鷲掴《わしづか》みにされたのを自覚した。

何かが、カチリとはまったように合った視線が外れなくなる。

彼と共に、自分の時間も止まる。

写真のように、流れる時間の中でこの一瞬だけが切り取られた。射るような視線に、正に射貫かれたという感じだった。

もちろん、そんなのはほんの数秒のことだ。

意識が現実に戻ると、彼を逃してはならないという気持ちに駆られ、駆け寄りたい衝動を抑えながらゆっくりとその男に近づいた。

その間も、相手は彫像のように動かず、視線は俺から離れることはなかった。

「…ほら」

俺は、胸に入れていたポケットチーフを取り出して彼に差し出した。

「え…？」

「拭きな」

「拭く…？」

まるで自分が涙を流したことに気づいていないような言葉に、俺はチーフで彼の涙を拭《ぬぐ》い、その染みを本人に見せた。

「あ…」

男が、やっとスイッチが入ったように動きだす。

「すみません。自分のハンカチがありますので…」

「いいよ。もう濡れた。そいつを使いな」

「でも…」

「初めまして、でいいんだろう？」

あまりに真っすぐに見つめられていたから、もしかして以前に会ったことがあったかと不安になり、そう訊《き》いてみる。

「あ、はい」

だがそういうことはなかったようだ。

「…突然言うのも何なんだが、よかったらお茶でもどうだ？」

「え？」

「今、知人の結婚式から逃げて来たところだ。追っ手が来ても他の人と一緒なら連れ戻されない。そのハンカチ一枚分、付き合ってくれないか？」

彼の視線が俺の顔から胸に移動した。

「そのようですね」

結婚式用の白いネクタイに目を留め、顔に笑みが浮かぶ。

真っすぐに俺を見ていた顔とは違う、可愛らしい表情になった。

「ああ。こいつは取らないとな」

忘れていた。

俺は白いネクタイを外して丸めると、ポケットに突っ込み、反対側のポケットからブルーのネクタイを取り出し、締め直した。

最初から途中で抜けるつもりだったから、用意はしていたのだ。

「…わかりました。そこのラウンジでよろしかったら、コーヒー一杯分お付き合いします」

彼は俺のポケットチーフで涙を拭い、その始末に困ったように手に握った。

スレてない感じだ。

俺の身なりを見れば、俺が金回りのいい人間であることはわかるだろう。そして下心がある人間ならば、コーヒーなどと言わず、酒でも食事でも、二人きりになれる場所へ移動して俺が抱いている『その気』を膨らませるように努力するだろう。

だが彼は、俺の気を引こうという素振りも見せず、窓際のソファ席へ座った。

それでさっきの熱の籠もった視線が、新手のナンパであった可能性も消えた。

「まず、名前を訊いてもいいかな。本名を名乗りたくなければ偽名でもいいが、名無しじゃ会話もできんから」

「偽名なんて使いません。ですからあなたも本当の名前を教えてくださいますか？」

「もちろん。俺は海江田《かいえだ》だ。海江田疾風《はやて》」

「私は篠原《しのはら》です。篠原美智《よしとも》」

「歳は？　幾つだ？」

「尋問みたいですね」

性急に訊くと、そう言い返された。

「そういうわけじゃないさ。ただお子様だったら困ると思ってな」

「私が子供っぽく見えますか？」

彼はからかうように笑った。

「いいや。だが最近はわからんからな」

「いい歳ですよ。もう二十六です。海江田さんは？」

「もっといい歳だ。三十を過ぎた」

「三十歳？」

「もう少し上だ」

「ずるいな、私に歳を訊いたのに、ご自分はごまかすんですね」

「オッサンと思われたくない」

「そんなこと、思いませんよ」

最初の泣き顔はどこへやら、彼はどこか嬉しそうな笑顔を浮かべていた。

メイドのような、裾の長い黒のワンピースに白いエプロンを着けたウエイトレスがオーダーを取りに来たので、俺はコーヒーを、彼は少し考えてからオレンジジュースを頼んだ。

「コーヒーは嫌いか？」

「さっきコーヒーを飲んでたんです」

「仕事？」

「ええ、まあ。でもその話は止《や》めましょう。仕事のことは…」

言いにくそうに口籠もったので、少し引くことにした。

せっかくお茶の席に誘ったというのに。まだ逃げられたくはない。

「それもそうだな、初対面で仕事のことまでうるさく言うんじゃ警戒される。だが君がラウンジから出て来て年配の男性と挨拶して別れるところは見ていた。『何時《いつ》から見てたのか』と問われる前に言っておく」

「律義ですね」

「篠原が気に入ったんで、警戒されたくない」

「警戒だなんて…」

とは言うが、彼には不思議な距離感が漂っていた。

まあ当然か、初対面なのだから。

わかっていても、この距離を詰めたかった。

「さっき、階段のところで君を見た時、運命を感じたな」

「運命、ですか？」

「笑うか？」

半分ジョークのつもりで言ったのだが、彼は真顔のまま受けてくれた。

「いいえ。笑ったりはしません。でもどうしてそんなことを言い出したのかな、とは思います」

そうなると、こちらも真面目に答えなければいけない気持ちになる。

「どうして？　そうだな…、率直に印象的だったからということかな」

「印象的ですか？」

「俺を見て、泣いただろう」

その言葉に、彼はビクリと肩を震わせた。

「…あれは」

表情に狼狽《ろうばい》が走る。

「俺を見て、だろう？」

再度確認すると、それはすぐに消えた。

「違います」

きっぱりとした否定。

「違う？　じゃ、何に泣いたんだ？」

だがそれもまた崩れた。

「あの…、別の人を思い出して…」

くるくると変わる強さと弱さ。

そのどちらの表情にも惹かれるな。

「あそこで誰かと会ってたのか？」

「あそこ？」

「あの階段のところで」

「え…、ええ…。だから、あれはあなたを見てじゃないんです」

本当だろうか？

違う気がする。

だがそれをここで暴き立てるのは得策とは思えなかったので、そのまま流すことにした。

「じゃあ俺だけかな、この出会いが運命だと思ってるのは」

「大袈裟《おおげさ》です」

「大袈裟じゃない。俺にとっては。あんたは俺の運命だ」

「海江田さん」

「突然言い出せば戸惑うのはわかるが、…俺と付き合ってくれないか？」

「付き合うって…、俺は男ですよ？」

「俺も男だ」

「そういう意味じゃないって、わかってるでしょう？」

「それでも、さ。ただもう一度お前に会いたい。このまま終わりにしたくない。はっきり言おう、あんたに一目惚れした」

「海江田さん」

「本気だ」

篠原は、少しだけ困った顔をした。

これもまあ納得ずくだ。男が男に惚れたと言われて手放しで喜ぶとは考えにくい。

けれど、彼が自分を見た視線の中に、ほんの少しだけ可能性を感じていた。だから、少し引きつつも、臆することなく続けた。

「そうだな、最初はここでこうしてお茶を飲むだけでもいい。お友達からってヤツだ。今だけで終わりにはしたくないんだ。明日また会ってくれないか？」

「…明日は仕事があります」

「じゃあ明後日でも、明々後日でもいい、篠原の都合のいい時間でいい。ただこうして話をしてくれるだけでいい。もしかしたら、言葉を交わしている間に篠原が俺を好きになってくれるかも知れないし、俺が篠原を単なる知り合いとしか思えないで終わるかも知れない。だからそのお試しだと思ってくれればいい」

「どうして…、私なんか」

「だから印象的だったからと言っただろう?」

「第一印象ってことですか?」

「ああ、多分」

「…それなら、本当に気持ちは変わるかも知れませんね」

「そうだな。そこは否定しない」

「わかりました。それじゃ、もう一度会ってもいいですよ。ただし、あなたが言ったように、次に会うのもこの場所でいいですか?」

「いいとも。それじゃ、篠原の趣味から聞こうかな?」

「趣味ですか?」

「基本だろう?」

俺は本気なのだが、彼は笑った。

「わかりました。私の趣味は読書です。本を読むのが好きなんです」

「本か…」

「あまりお好きじゃないんですか？」

「まあ、雑誌ぐらいしか読まないな」

「ではあなたの趣味は？」

言われてちょっと考えてしまった。

自分で話題にしておきながら、趣味と人に言えるようなものが思い当たらない。

仕事が趣味、と言えないこともないが、好きでやってるわけでもないし、車にもさして興味はない。見栄でいいものを揃えているだけだ。

「…弓、かな？」

「弓？　弓道ですか？」

「ガキの頃にやらされて、ずっとやってる。意味のないことで続けてるのはそれぐらいだ」

「かっこいいですね」

「そうか？　なら、これからはそう言うことにしよう」

「海江田さんって、子供みたいですね」

「…そう言われたのは初めてだ」

彼との会話は、楽しかった。

目の前に美人がいるというだけでも楽しみはあったのだが、篠原の話し方は穏やかで、機知に富んだものだった。

相手の話もよく聞くし、俺がつい粗野な部分を露呈させても、却って嬉しそうに微笑むだけで、バカにするような態度は見せなかった。

趣味と、天気とホテルの話。

それだけで一時間ちょっと話をし、会話が途切れたところで、彼は今日はこれまでと終わりを宣言した。

「仕事がまだ残っているので、ここまでです。つい楽しくて話し込んでしまいました」

「次はいつ会ってくれる？」

「…日曜の五時でどうでしょう？」

「わかった。日曜の五時、ここで待ってる。お前が来るまで何時まででも」

「約束は守ります」

「楽しみにしてる」

「私も」

脈アリの返事と笑顔を残して、彼は去って行った。

篠原との出会いは、そんなものだった。

ただ突然、彼が自分を見て涙を流したから、それだけが酷く印象的で心が動かされたのかも知れない。仕切り直したら、案外単なる好青年としか見えないかも知れない。

次に会う時が答えだ。

次に会った時、まだこんなふうに彼に気に入られたいと願うだろうか？　彼とできるだけ長く一緒にいたいと思うだろうか？

「篠原か…」

彼が何者であるか、まだ何も知らない。

それがまたとても楽しみだった。

閃光不動産《せんこうふどうさん》、というのが俺の勤める会社だ。

いや、俺の会社、と言うべきだろう。何せ俺が社長なのだから。

立派な自社ビルを持ち、大きな取引を扱うこの会社を立ち上げたのは今から五年前、それまでの仕事で食っていくには無理があると判断し、看板を付け替えたのだ、千光会《せんこうかい》というヤクザの組事務所から一般の不動産会社に。

つまり閃光不動産とは名ばかりで、中身はヤクザだった。

組の看板は表向きに下ろしたが、組織の中身も構成員も変化はない。

それでも、解散届けを出して、一般的な会社の顔をしていれば警察に文句を言われることはなくなる。

最初の二年程は張り付かれていたが、元々ウチはヤクやチャカ、つまり麻薬や拳銃の密売なんぞに手を出してたわけではなかったので、まあまあお目こぼし戴いた。

もちろん、そのための散財はあったのだが。

では今何をやって稼いでいるかといえば、やってることも実は大差なかった。

借金で首が回らなくなった連中の借金を一本化し、それを盾に不動産を安く買い叩き、住人を追い出してそこに新しいビルを建てて売る。

自分達で全て行う時もあるし、ビルを建てたがってる人間に頼まれてやることもある。

昔で言うなら地上げ屋ということになるのかも知れないが、飽くまで合法的に行うし、ただ単に土地の値段を吊り上げるだけでなく、最終的には有効活用するのだから、不動産屋という肩書に嘘いつわりはない。

そんな俺が今手掛けているのは二つの物件だった。

一つは借金の嵩んだ元金持ちの邸宅で、返済にまだ期限がある。

動産は既に何もなくなってるはずだから、期限までに相手が金を工面できなければ、自動的に担保になってる家はウチのものになる。

なので、人目につかない程度に、相手が金を作れないように『お仕事』をしている。

そしてもう一つの方は、競売物件の競売に参加するだけ。

こっちも、ウチが出ていくとなれば同業者は出てこないだろう。

別に隠すほどのことじゃないから、同業者は閃光不動産がヤクザだと知っている。なので、ヤクザと競り合えないと思うのと同時に、ウチが出ていくような面倒な物件なのでは、と勝手に想像して降りてくれるからだ。

まあ、ウチと争ってでも、という物件ではないというのもあるだろう。

もしこれが大きな利益が出るものだとすれば、それなりにこっちも覚悟してかからなければならないが…。

問題は新しい物件だった。

「クリスタルホテルか…」

俺は目の前に立つ営業部の押切《おしきり》を見上げた。

いつもなら一々社員の報告など直接受けることはないのだが、今回は特別だった。

はっきり言ってしまえば、直訴に近い。彼があまりにもいい情報を手に入れたので、間を通す時間を惜しんで直接『やりましょう』と俺に言いに来たのだ。

「安く買えると思うんです」

押切は、買い付けの部門に入ってもう五年になる。

だが、まだ海千山千というほどでもない。

閃光不動産が立ち上がってから五年だから会社員としては新人ではないのだが、千光会の頃にやっていた『不動産関係の仕事』時代は知らない。

つまり綺麗な仕事ばかりしかしていない世代だ。

その信用の不確かさというのを、相手も感じ取っているのだろう、社長室のデスクの向こうから書類を差し出した。

「ＪＲの駅のすぐ近くにあるビジネスホテルですが、保有会社である土田産業《つちださんぎょう》はもう倒産寸前。クリスタルホテルとは名ばかりで、建物自体も老朽化が進んでいます。ですが、まだ抵当権は付いてないんです」

「借金があるのに抵当権が付いてない？　それはおかしいだろう、何を担保に借金してるんだ？」

「土田は他に駐車場にしてる土地を幾つか持っていて、そっちは根抵当どころか三番まで入ってました。つまり、古い上物が乗っかってる上に一等地である場所は最後まで現金化のために担保に入れず取っておいたんじゃないかと思うんです」

「最後の武器か…」

「ええ、ですから売り渡しの場合は即金でということになってます」

「即金？」

「全額一括支払いです。そんじょそこらの不動産会社じゃ用意できないでしょう？」

「幾らだ？」

「土地評価額から算定すると十六億は下らないと思うんですが、土田は一括なら十億以下でもいいと言ってます」

「十億ねぇ」

確かに、右から左へポンと出せる額ではない。

だが、出せるところがないかというと、そうでもないだろう。大手の会社ならば、出せる程度の額でもある。

「どうも曰《いわ》く付きな気がするな」

俺は彼の差し出した書類にもう一度目を通しながらくるりと椅子を回して押切に背を向けた。

彼としては、億の価格が付く物件を取り扱うのは初めてだろう。

そのせいで何か大事なことを見落としているのではないだろうか？

だが添付された登記書のコピーには、確かに抵当権が付いていなかった。土田の他所の土地には三番抵当まで付いていているのに。

いや、もう一つ抵当権が付いていていない場所がある。

それは社長の個人宅だ。

つまり、採算が合わないところから順番に担保に入れて金を作ったが、自宅とこのホテルだけは綺麗なままで取っておいた。

ホテルが最後の再建策と最初から決めていたのだろう。

それを手放し、尚且つ即日現金化できるようにして欲しいということは、おそらく社長の土田はその金を持って会社を立て直すか、それを持って消えるか、どっちかということだろう。

もし彼が金を受け取った途端に姿を消したとしても、契約自体が法律に則って行われていれば、文句は出ないだろう。

「どう思う、麻生《あそう》？」

俺はさっきから黙って自分のデスクに座っていた秘書の麻生に声をかけた。

こちらは海千山千、裏も表も知り尽くした男だ。

「そうですね…、契約終了まで金が動かせないようにすればいいんじゃないですか？　アパートやマンションだと居住者に配慮しなければならないでしょうが、ホテルならばその心配もないでしょうし」

そうだな。

もしこれが賃貸住宅だったら、店子《たなこ》が占有権を主張してもめるかも知れないが、ホテルならば宿泊客。その時宿泊していたとしても予約を入れていたとしても、権利はない。

「わかった、いいだろう」

俺は椅子をもう半回転させ、押切に向き直った。

「半額にさせろ。八億なら買うと言ってやれ」

「半額ですか？」

「売り急いでるはずだから、上手くやれば何とかなるだろう。古いホテルが建ってるなら、取り壊しの金だってバカにならん。安く買えなければ買う必要はない」

「わかりました。…八億円台じゃダメですか？」

自信なさげに問い返すから、もう一度ピシリと命じた。

「八億だ」

それ以上はビタ一文出さないぞ、と。

「はい、失礼いたします」

押切は、まだ不安そうな顔をしていたが、頭を下げて退室した。

「麻生、コーヒーを頼む」

「はい」

部下が消えてしまってから、タバコを取り出して火を点ける。

「社内禁煙ですよ？」

「ここは俺の部屋だ、文句は言わせん。それに、誰か公的な場所で俺が喫煙してましたとチクるヤツでもいるのか？」

「いいえ」

「ならば問題ない」

一服しながら、再度押切の書類に目を落とす。

書類の作りは、基本だけは押さえているが、俺としては簡単過ぎるように思えた。

若い者を信じてやる、というのも悪い考えではないが、億単位の金が絡んでいるとなれば、そう寛容にもしていられない。

「どうぞ」

「ああ」

いい香りのするコーヒーが置かれても、タバコを咥《くわ》えているから手を付けずに置いておく。

「…寺島《てらしま》は今何かかかってる仕事があるか？」

「いいえ、特にはなかったと思います」

「じゃ、寺島に押切に付くように言ってくれ。ホテルが手に入ったらすぐに売り払うから、その相手も探しておくようにと」

「いい場所なのに手放すんですか？」

「問題がなければ考えてもいいが、問題がありそうな予感がする。保険はかけておきたい」

「わかりました。そのように。今度の日曜なんですが、藤川電気《ふじかわでんき》の社長が接待したいと言ってきてます。多分、今度のマンションの配線工事を受注したいんだと思います」

「日曜はダメだ」

俺は即座に答えた。

「どうしてです？　何かご予定でも？」

「ああ。プライベートだがな」

日曜はあの篠原と会う予定だった。

いつもなら仕事を優先させるのだが、あれは別だ。

「ひょっとして新しい女ですか？」

「女じゃない。男だ」

麻生はそれを聞いて、やれやれという顔をした。

「面倒はナシですよ。金を使うなら一声かけてください」

「そんなんじゃない。ただちょっと茶を飲むだけだ」

「ああ、何かのツルなんですか。失礼。てっきり色事かと」

「さあな、どうなるかはまだわからん」

「わからん？」

「今口説いてる最中だ。相手はカタギだし、俺の素性も知らん。こっちも知らないが」

「大丈夫なんですか？」

「そこが楽しいんだ。それに、これっきりかも知れないし」

「曖昧《あいまい》ですね」

「だな」

麻生はそれ以上は深く尋ねてこなかった。

彼が気にしているのは、俺が変な商売の人間に手を出して、大枚を散財するかどうかということなのだ。あとは変な紐付きじゃないかって、ところか。

俺が誰を好きになるかとか、相手の性別などには興味はない。

彼は仕事が好き、というよりも俺を社長としてこの会社を続けてゆくというゲームを楽しんでいた。金を儲けるのも好きなんだろうが、丁度テレビゲームの国取りみたいに、あちこちに領土を広げたがっている。

以前は武闘派というほどではないが、血を見るのが好きな男だったから、その欲望をこういうことで満たしているだろう。何せそのために死ぬほど勉強もしたらしいから。

だから俺がSMやスカトロの趣味があろうと、彼は『それを表沙汰にはしないでください、仕事に響くから』と言うだけだ。

「麻生」

「はい?」

「男が男に貰って喜ぶものって何だと思う?」

「…日曜の相手ですか?」

「ああ」

「相手によりけりですね。金持ちか貧乏人か、プライドが高いか低いか、年齢は幾つか、趣味があるのかないのか」

「金回りは普通より上、歳は二十六、趣味は読書でプライドはある方だろう。上品で美人だ」

「最後はどうでもいいですけど、それなら高価ではない実用品がいいんじゃないんですか?　花や菓子や現金はダメでしょう」

「そうだな…。俺の今日の予定は？」

「特にはありません」

「じゃ、何かあったら呼び出してくれ」

俺はタバコを消し、淹《い》れさせた手前、コーヒーに一口だけ口を付けて立ち上がった。

「どちらへ？」

「高価じゃない実用品を探しに行ってくる」

「まだ金曜ですよ？」

「後は頼んだ」

それだけ言うと、俺は社長室を出た。

もう頭の中を篠原のことだけでいっぱいにして…。


日曜日、俺は朝から落ち着かなかった。

色恋にときめく歳でもないのだが、気分としてはクリスマスのプレゼントを開ける子供と同じとでもいえばいいいか。

何かが与えられるのはわかっている。

だが中身は箱を開けてみるまでわからない。

もしかしたら既に持っているものだったり、欲しくもないものだったりするかも知れない。けれど、もしかしたら自分が手に入れたくてどうしようもなかったものや、想像もしなかった極上のものかも知れない。

待つ、ということがこんなにワクワクするものだというのを忘れていた。

相手のことを考えて、おとなしめのグレイのスーツに身を包む。

顔はまあ、凄まなければ紳士的に見えるだろう。

昼過ぎまで家で仕事をし、昼食を取りがてら外へ向かう。

メシを食ってから、持ち物件を二つ三つ回ると、リフォーム業者に「今日は随分おとなしい格好ですね」と言われてしまった。

「褒め言葉か？」

と訊くと、相手は真顔で頷《うなず》いた。

「もちろんですよ。エリートサラリーマンみたいですよ」

それならばいいだろう。

時間を見て、約束の時間の前にホテルへ入る。

ティーラウンジに、まだ篠原の姿はなかった。

淡い色のカーペットを踏み締め、この間と同じ席に座る。

少し奥まった場所ではあるが、彼ならば気づくだろう。

ホテル内は禁煙なのでタバコを我慢し、コーヒーをオーダーして待つと、篠原は約束の時間通りに姿を現した。

日曜だというのに彼もまたスーツ姿だった。

篠原は入口で周囲を見回し、俺に気づくと酷く悲しそうな表情を浮かべた。

居て欲しくなかったのだろうか？

彼がどう思っているかはわからなかったが、俺としては再び会えた彼の姿に喜びを感じていた。

もう一度見たらどこにでもいるような人間に見えるかもと不安だったのだが、篠原は全く色褪せることなく、綺麗な青年だった。

「お待たせいたしまして」

俺の前に立った彼は、さっき見せた悲しげな表情は見誤りだったのかというようににっこりと笑った。

「いや、少し早く来ただけだから」

「失礼します」

一声かけてから椅子に座る時も、躊躇《ちゅうちょ》がない。

「俺は会えて嬉しいが、篠原は俺がいない方がよかったか？」

我慢のきかない性格だから、つい思ったことを口にする。

「どうしてです？　お会いできて嬉しいですよ。日曜の夕方にホテルで一人、人待ち顔にならなくてよかったと安心してます」

その言葉に嘘はないようだった。

彼はミルクティーをオーダーし、また俺の顔を見て微笑んだから。

「海江田さんこそ、私を見てもう運命を感じなくなったんじゃないですか？」

「いや、感じてる。やっぱりあんたは美人で好みだ」

「美人ですか？　言われたことがないな」

「そうか？」

「おとなしそうに見えるのにキツイとは言われますけど」

「そりゃ正しくないな」

微笑む彼の顔のどこを見てキツイだなんて言うのか。

だが、周囲の人間が彼のことをそう見てるのならば、ライバルが少なくていいだろう。

「いらないかも知れないが、これは土産だ」

俺は悩み続けてやっと買ったプレゼントの包みをテーブルの上に置いた。

「そんな困ります」

「いいんだ。俺が買ってやりたかっただけだから。それに、そんなに高価なものじゃない。もし心

配なら、ここで開けて確かめてもいい」

「でも…」

「気に入らなかったら突き返してもいいし」

篠原は困った顔をしてプレゼントを見ていたが、「わかりました」と言って手に取ると、ゆっくりと包みを開いた。

本当なら、何十万もする万年筆の一本でも贈りたかったのだが、麻生の進言を受け、買い求めたのは小さなフタ付きの電卓だった。

「箱がデカいから期待させたかも知れないが」

手のひらの半分ほどのそれは、銀色で素っ気ないものだが、ビジネス向きではあるだろう。

「可愛いですけど、どうして電卓を…？」

「あんたの仕事は知らないが、どんな仕事であっても使うかと思って。最近は携帯電話を使うヤツも多いが、電話中に計算したいって時もあるだろう。俺はいつもそれで電卓を探す。だから俺のはハガキくらいデカイやつなんだ。だが、篠原は俺より有能そうだから」

気に入ってくれたのか、彼はフタを開けたり閉めたりしてそれを眺めていた。

「…いらないか？」

これならば負担にならないだろうし、気に入ると思ったんだが…。

「いいえ、嬉しいです。こういう小さいツールは好きなので。ありがたくいただきます。ありがとうございます」

彼はぺこんと頭を下げて感謝の意を示した。

「そいつはよかった」

けれど上げたその顔は、喜んでいるというようには見えなかった。

「でも、もう贈り物はしないでください」

「それはダメだ。俺は会う度に何か贈りたいと思ってるんだから」

「戴き物をすれば対等な付き合いではなくなります」

「最初から対等じゃないんだからいいさ」

「対等じゃない？」

「言っただろう？　俺はあんたに惚れたと。だが篠原は俺に惚れてるわけじゃないんだから、先に惚れてる人間の方が立場が弱いに決まってる」

「またそんな…」

「本当さ。再会したらそうでもないかと思ったが、今日の前に篠原が座っていてくれるだけでも嬉しい」

彼は困った顔をした。

「それでも、贈り物を貰ってばかりいたら、それが渡されなくなった時に不安になります。物が欲しいというんじゃありません。ただ、もう渡したい相手ではなくなったのかと思ってしまうということです」

「必ず渡すさ」

「仕事で忙しくて忘れることがあっても、勘ぐってしまうでしょう。それに…、物を渡してそれで終わりとなるのは…怖い」

「怖い？」

問い返すと彼は説明をくれずに苦笑した。

「だから、物はいりません。先に言っておきますが、ここの代金も割り勘にしてください」

「それくらい、いいだろう」

「ダメです。対等に付き合うためには、どちらかに依存しない方がいいんです」

「だったら、こうしよう。ここの代金は伝票を先に取った方が払う。俺が取り忘れたら篠原が奢《おご》ってくれればいい。それならチャンスはフィフティだろう？　贈り物は最初に俺の趣味だと言っておく。あんたが好きとか嫌いとかじゃなく、俺が誰かに物を贈るのが好きな人間なんだと思ってればいい。知人の趣味に付き合わされてるだけだと思えば受け取りやすいだろう」

「詭弁《きべん》だ」

「そう、詭弁だ。本当は好きなヤツには何でもしてやりたいと思うから、なんだが、篠原が受け取りやすいように言ってる。贈り物も渡せないなんて、俺には辛いから」

「辛いんですか？」

「辛いな。我慢強くないから」

彼はわからない、という顔をした。

「変わった人ですね」

「そう。変わってるんだ」

「いつもこんなことしてるんですか？」

「こんなことって？」

「会ったばかりの男を口説く、です」

「それは初めてだ。正直に言うが、俺は恋愛体質じゃない。その…、相手が欲しければプロに頼む方が多い」

「プロ？」

彼のような真面目な人間に訊き返されると答えにくいな。

「水商売とか、と言っておこう」

まあそういう人間も相手にしていたし。

「実は自分でも驚いてる。こんなふうに誰かに恋愛を期待するのは初めてだ。もしかしたら、俺は篠原に期待してないのかも知れない」

「どういう意味です？」

「失礼な言い方だというのはわかってるが敢えて正直に言うと、俺は今の状況が楽しいんだ。誰かと会うことを心待ちにしたり、相手のことを考えて物を選んだりするのが。殺伐《さつばつ》とした日々を送ってる中の癒しみたいなもんかな？　今すぐ篠原とどうこうなりたいというんじゃなく、この状況を楽しみたい」

「私は偶像ですか？」

嬉しくなさそうな顔だな。

「いや、できることなら恋人にはなりたい。だが、手に入らないことがわかっていても、この気持ちを長く味わいたいってことだ」

プレゼントを綺麗に元の形に戻し、自分の隣に収めてくれてから、彼は真顔で向き直った。

「今日、私はあなたのことを恋愛対象にできないと言うつもりで来ました。でも…」

「でも？」

「私がどう思おうと関係ないというなら、ただお茶だけをご一緒するだけで、あなたの癒しになるというなら、茶飲み友達ということでお付き合いしてもいいです。あなたが飽きるまで」

「茶飲み友達とはまた古風な言い方だな。だがそれでもいい」

「会うのはここでだけですよ？　それに、私はこれ以上あなたに自分のことは教えません。仕事も、家の住所も、携帯の番号も」

「いいとも」

「本当に？　報われなくて辛くなったりしません？」

心配そうに訊くその顔が、篠原の性格を物語っていた。

その気になれないなら、今日すっぽかせばよかったのだ。俺は彼を追いかける術《すべ》を持たないのだから。

だがわざわざ来た上に、恋愛の対象になどできないのに、それを言うことで俺が傷付くことを心配している。

基本的に、真面目で優しい男なのだろう。

自分の周囲にはいないタイプだ。

「辛くなったら、もう会うのは止めようと俺から言うよ。篠原が俺のことをどう思っているかはわからないが、俺は軽い男なんだ。気持ちは真剣だが、深刻に考えなくてもいい」

「真剣な気持ちと言われては、深刻になるなという方が無理です」

「じゃ、重く考えるな?」

逃げ道を作っているのに、彼は首を横に振った。

「そんなことできません。だって、もう私にとって海江田さんは傷付けたくない人なんです」

「少しは惚れたってことか?」

勇み足の言葉は、彼を苦笑させた。

「そこまではまだ…」

だが『まだ』だ。これからに期待のできる言葉だ。

「でも…、あなたが私にハンカチを差し出してくれたから、とても嬉しかった」

「ハンカチ？」

「ああ、そうだ。私もあなたに渡すものがあるんです」

彼は自分のポケットから薄い袋を二つ取り出した。

「これ、先日のハンカチです。洗ってきました。そしてこちらはその御礼です」

「気にしなくてもよかったのに」

と言いながらも悪い気はしない。

彼が自分のプレゼントを目の前で開けたのだから、こちらも開けた方がいいかと袋の封を切る。

簡単な袋に入っていたのは俺のポケットチーフで、もう一つの丁寧に飾りシールが貼ってある方は新しいハンカチだった。

淡いブルーの無地のものに、Kの刺繍《ししゅう》がある。海江田のKか。

「ありがとう、大切にする」

「…海江田さんには大した意味はないかも知れないですが、あの時私が流した涙を拭うハンカチを、あなたが差し出してくれたということが、それこそ運命のような気がしたんです。…恋には落ちませんでしたが」

「篠原が俺に運命を感じてくれるならどんなものでもいいさ」

「わからないな。私のどこがよかったんです？　印象的だなんて抽象的なことじゃなくて、何かもっと別の理由があるんじゃありませんか?」

「篠原は一目惚れを信じないのか?」

「恋愛は、時間をかけて育むものだと思ってます」

「俺はインスピレーションだな。これだと思ったものにはすぐに手を出す。出してから、それが自分に合ったものかどうかを時間をかけて確かめる。恋愛も同じだ。インスピレーションでこいつがいいと思って声をかけた、これから長い時間をかけて自分に合うかどうかを確かめたい」

「海江田さんは、もしかして…」

篠原は何かを言いかけて止めた。

「何だ?」

「いえ…。で、どうだったら私はあなたに合ってると思うんです?」

「わからん」

「わからんって…」

「条件があるわけじゃないからな。ただ感じるだけさ。俺は野性的な男だから。篠原は理論派なんだな」

「…そうですね、どちらかと言えば」

「じゃああんたを納得させるためには理論を駆使しなくちゃならないわけだ」

「できるんですか?」

「するさ」

と言うと、彼は少し興味深そうな顔をした。

「たとえば、脳内に刷り込まれた『好み』ってものがある。丸と四角と、どっちが好きかと訊かれた時、記憶の中でいい思い出だった方が『好み』になっている。好みに理屈はないが、記憶の蓄積の結果だと言えば理論的になるだろう？」

我ながら悪くない理屈だと思ったのに、篠原は真面目な顔だった。よすぎて学術的な議論をしてみたくなったのだろうか？

「あなたは過去に私に似た人と付き合った、ということですか？」

それとも、彼の自尊心を傷付けたかな？

「今のところ、似てると思う人間は思い出せないな。だが美人は好きだ」

「あなたみたいな顔の人は私みたいな顔の人間を好きになるとか？」

「それは理論的じゃないぜ。その理論だと、兄弟はみんな同じタイプが好きになってしまう。そういうこともあるだろうが、全く正反対の人間を好きになることもある」

「あなたの親戚に、あなたと似た顔の方はいらっしゃいますか？」

「いいや。俺に親戚はいない」

「え？」

「両親も亡くなったし、伯父がいたがやはり亡くなった、若い時に」

母は事故、父親は病気、伯父はヤクザ同士の抗争でだ。

「それは失礼なことを…」

「別に。そういう人間は俺の周囲じゃ珍しくもない。それに、親がいないことを可哀想だと思われる歳は過ぎたしな」

「身近な方を失うのは幾つになっても辛いことです」

「そういう体験があったのか？」

「…ノーコメントで」

切ない笑顔は肯定としか取れなかった。

「そうだな、じゃもう少し砕けた話をしようか。篠原はどんな料理が好きだ？」

「唐突ですね」

「お互いの理解を深めるわかりやすい努力さ。共通項を探すって言うな」

「…あなたは、とても頭がよくて優しい人だ」

「そうか？」

「ええ、少し言葉遣いは粗野ですけどね」

今日は、この後に予定を入れていなかったからと、この間より長く話をすることができた。

今回わかったことは、彼が一人暮らしであること、だから自炊をしていて、料理も下手ではないこと。

好きな食べ物は麺類で、嫌いなものは肉の脂身《あぶらみ》。

犬と猫では猫が好き、海と山では海が好き。コーヒーも飲むが、仕事場でよく飲むから家では日本茶を好む。

休みの日には出掛けることなく、家で本を読んでいる、ということだった。

俺も一人暮らしで料理もする。海が好きで、家では日本茶だが、犬と猫では犬の方が好きというところは違っていた。

あと、休みの日、というのが厳密にはないというところもか。

別れの時間が来た時、俺は次の約束をねだった。

「もっと会いたい。また会って欲しい」

半分断られるのを覚悟で言ったのだが、意外にも彼はあっさりとＯＫをくれた。

「私があなたを好きにならなくても、あなたが傷付かないで、私といることを楽しんでくださると言うなら、私もあなたと他愛ない話をするのは好きです」

「つまり、口説くなってことだな？」

「恋愛感情を求めるなら、会えません」

「いいだろう。茶飲み友達を続けよう。その代わり、一週間に一度じゃ嫌だ。もっと頻繁に会って欲しい。内容のない話をするだけでも、篠原の顔を見ていたい」

「それを約束してくださるなら、いいですよ。でも、仕事が終わってからになるので、もっと遅い時間になりますが…」

「いいとも。ここが閉まってたら、バーで会ってもいい」

「お酒はダメです。そんなに強くないから」

「じゃ、せめて一時間以上は話せるようにして欲しい。会ってすぐサヨナラじゃつまらない」

「わかりました。では、明後日の七時では？」

「明日は？」

「明日ですか？」

「毎日でもいいと思ってるんだから、当然だろう」

「…では明日の七時でしたら」

「ＯＫ」

強引に翌日の約束を取り付け、俺は満足してその日を終えた。

本当に、彼に会えたことだけを楽しんで。


「お茶飲んで話をしただけですか？」

「ああ」

「五日間それだけ？」

「ああ」

麻生は呆れた、という顔をした。

今までの俺の素行を知っている麻生としては当然だろう。

クラブへ行って、気に入ったら金と立場に飽かせてアフターで連れ出し、気に入ればそのままホテルへ。

そこらのバーに入っても、簡単に誘ってそのまま関係を結ぶ。

顔も悪くなく、金回りのいい俺の誘いを断る者はいなかった。断らない人間が集まるところにしかいかなかったせいもあるだろうが、貞操観念など必要ない。

『付き合う』とは『寝る』と同義語だった。

だから、自分でも篠原との付き合いは特異だと思っていた。

神聖視しているのではない。

彼に対して性欲がないのかというとそうでもない。チャンスがあればあの細い身体に手を出したいという欲望は燻《くすぶ》っていた。

だが、あの涙が…。

初めて出会った時に見せた彼の一筋の涙が、彼を大切にしたいと思わせていた。あの涙の意味も知らないのに。

肉欲とはもっと別の場所で、彼を好きになったのだと思う。

「まさかと思いますけど、初恋とか言い出さないでしょうね？」

「俺の初恋は幼稚園のあやめ組の小原《おはら》先生だった。子供を相手にしゃがんだ時にスカートから見える膝がよかったな」

「…幼稚園生でそこに目を付けるのは玄人《くろうと》ですね」

「真っ裸よりチラリズムのがいいと思ったのも多分その時だろう」

麻生の顔に少しほっとした、という表情が浮かぶ。

これで『初恋だ』と言ったらどんな表情になるのか、試してみればよかったか？

「そんなあなたが、どうして小学生並の付き合いで満足できるのかが不思議でたまりません」

タバコを取り出すと、傍らにいた彼はすかさずライターで火を点けた。

彼のデスクは離れた場所にあるのだが、話す時にはいつもこうして隣に立つのだ。

「立ち位置が違うんだろうな。水族館で見るイワシは可愛いと言うが、食卓に載れば美味そうだと言う。同じものを見ても感覚が違うだろう？　だがいつかそれが食卓に載れば、遠慮なくいただくだろうな」

「まだ彼は水族館の魚なわけですね？」

それなら少しわかる、というように彼は頷いた。

「ああ。新鮮でいいぞ、篠原は俺が何者だか知らない。ヤクザであることも、会社の社長であることも。あいつにとって俺は、単なる『海江田さん』だ。緊張も恐縮もない。そういう相手と、昨日見たテレビの話をするんだ」

その他にも、どこの市販菓子が美味いとか、行き着けの店があるとか。子供の頃何の遊びをしたとか、今ハマッてるものとか。

会社や組関連の人間とはこんな会話はできない。たとえしたとしても、俺の機嫌を取ることが一番で、双方向の会話を楽しむことはなく、俺の話を相手が『そうですね』と聞くだけだ。

「楽しいぞ」

俺が笑うと、麻生はまた呆れるような顔をした。

「まるで王族が庶民の生活を楽しんでるようですね」

「王族とは随分持ち上げてくれるな」

「組長も社長も、そんなものでしょう」

「じゃ、その王様としての仕事をするか。何か新しい報告はあるか？　大臣殿」

水を向けると、彼は思い出したように自分の席に戻り、書類を持ってきた。

「やはり例のホテル、問題があるようです」

「ホテル？」

「押切のです」

言われて若い部下が持ち込んだ、倒産寸前の企業との取引を思い出した。

「ああ、クリスタルホテルか。もう契約は終わったんじゃなかったのか？　ダメになったのか？　それともまさか金だけ取られたんじゃないだろうな」

そんな間抜けなことは許さないぞ、と睨《にら》むと、麻生は首を横に振った。

「契約は成立しました。金銭を振り込み、権利書も貰って登記もしました。ただ、問題は、中身がいたということです」

「ホテルなら客だろう？　居座ってる客がいるのか？」

「いいえ、店です」

「店？」

「ホテルの中に何軒か店舗が入ってたんです。土田の社長は、そこの店舗の連中に事情を話さずホテルを売っ払ったんですよ」

「詳しく話せ」

麻生は自分の席から持ってきた書類の中から、一枚の大きな紙を広げた。

「これはクリスタルホテルの案内図です」

「案内図？　設計図じゃなく？」

「こっちの方がわかりやすいので、パンフレットに記載されてたものを拡大しました。はい、こちらがそのパンフレットです」

もう必要のなくなったカラーのそれを手渡された。

「ここに『館内のご案内』とあるでしょう？　地上一階に喫茶店と洋食のレストラン、二階にはバーと和食レストラン、地下にはカラオケルームと居酒屋が入ってます」

パンフレットにはその店のカラー写真も記載されていた。

写真も古臭く、どれも高級というより庶民的なものばかりだ。

「契約の時には、『店舗は立ち退きを了解してます』とのことだったんですが、終わって行ってみたら、全部営業中。寺島が『いつ店を閉めるつもりだ』と問いただして初めて彼等はホテルが転売されたことと、自分達が立ち退かなければならないことを知った、というわけです」

「面倒そうだな」

「ええ。向こうは賃貸契約書があるので、立ち退きしないと言ってます」

「うむ…」

「これが昔だったら、有無を言わさず叩き出すんですが…」

「今そんなことをやったら、すぐにサツが飛んで来るだろう」

「ええ。法律に則って追い出すとなれば、多少時間と金がかかるかも知れません」

「できそうなのか？」

彼は肩を竦《すく》めた。

「いくらかかっても、と言われれば出来ると言います。ですが幾らになるか見当もつきませんね。要求されるのは移転費用や営業中止による損害賠償金、敷金も返却していないようですからそれも

求められるでしょう」

「土田は？」

「逃げました」

「逃げた？」

「ホテルに行って事情がわかった直後、寺島が会社へ行ったらもう倒産した後で、銀行員と鉢合わせでした。そこで銀行員と一緒に土田社長の自宅へ向かったのですが…」

「もぬけのカラ、か」

「はい。うちとの契約と同時進行で、手放せるところは全て手放して消えたようです」

「ゲンナマ掴んで消えたんなら、ダメだな…」

「しかも、押切が転売先だけは見つけてきたんです」

「どこだ？」

「四ツ井地所《よっいじしょ》です」

四ツ井なら相手にとって不足のない大企業だ。金払いもいいだろう。

「買い値は叩きに叩いて七億五千で買ったんです」

「それは褒めてもいいな」

十億で売りたいと言ったのだから、随分値引きさせたものだ。

「まあ、売り急いでたんでしょう。それで、四ツ井は十二億なら即決で買ってもいいそうです」

「評価額は十六億だろう?」

「ホテルの建物は使い物になりませんから、取り壊しの経費分値引きしろってことでしょう。さら地にしたらもうちょっと上乗せ出来ると思いますが、何にせよ店舗住民の退去が必要ですね」

「黙って売ったらどうだ?　問題を四ツ井に丸投げすればいい」

「住人達にバレてますからね、相手が物件の内覧に来たら一発でバレますよ」

俺はタメ息をつきながら、椅子に身を沈めた。

売り手は決まってる。だが物件は売れない。

昔なら気の荒い連中を向かわせて黙らせた上で叩き出すことは簡単だったが、今そんなことをしたら警察が介入してくるだろうし、四ツ井も商談を中止してしまうだろう。

かといって立ち退き料と預かってもいない敷金を支払うとなれば結構な額だ。

六店舗の家賃が仮に三十万程度だったとしても、契約が古ければ企業相手の敷金は大抵半年分、それだけで一千万を超える。

買っても売っても税金は引かれるし、単純に十二億マイナス七億五千で利益が四億五千とはいかない。

だがただ持っているだけでは、一円の金も生まないのはわかっていた。

さっさと何とかして売っ払わないと。

「…仕方ない。まずは連中の請求額を聞いてこい。全員の言うなりに支払うなら幾ら必要かを明確にしろ」

「払うんですか？」

「買い叩いた分で充当できるなら考えてもいい」

「難しいと思いますが……」

「まず叩き台がないとどうにもならんだろう。要求があるならそれを聞いて、対処法を考えるのはそれからだ」

「お優しいことで」

「いつまで続く優しさかはわからんがな」

「わかりました。それでは寺島に言って、相手との交渉を始めさせましょう」

「違う、交渉じゃない。聞くだけ聞いてやる、だ。交渉のテーブルには着くな。押切を下げて寺島だけに担当させ、個人的に上に訊いてみるから言いたいことがあれば言え、という程度にしろ。でないと言葉尻も取られかねない」

「わかりました。失言でした」

「言質《げんち》は取られるな。それだけは徹底させろ」

「はい」

俺は吸わずに灰にしたタバコを消し、新しいものに火を点けた。

今度は深く吸い込み、天井に向けて長く煙を吐き出す。

「他に問題は？」

「特に口頭で報告するほどのものはありません。ああ、保険屋が一度宴席を設けたいので都合のよろしいお時間を、と」

「夜遅くならいつでもいいぞ」

「夕方は『彼』ですか？」

「今のところ俺の唯一の楽しみだからな」

「私としては、早いところ水族館のイワシが食卓に載るように祈っておきます。食べてしまえば興味もなくなるでしょうから」

上手いことを言ったふうな顔をするので、俺は鼻先で笑った。

この高尚な楽しみをわからないのは、無粋だというつもりで。


篠原と会うのが唯一の楽しみ、というのは毎日が退屈だという意味ではない。

日々は刻々と変化し、退屈を味わう暇などない。

だがそれはいつもキリキリとした現実で、気も抜けない。

そう、篠原との時間は非現実的なのだ。

まるで夢の中にいるような、というと言い過ぎかも知れないが、とにかく特別な時間であることは間違いはなかった。

会う度にする贈り物にしてもそうだ。

そんなに贈り物がしたいのなら我慢するけれど、価格の上限を決めますと言われ、五百円以下のものでないと受け取ってもらえなかった。

この俺が五百円以下の贈り物だ。

今時、ワンコインでどんなプレゼントができるというのか。

だから彼のための贈り物を買うことも、自分的には非日常的だった。まあその難しさも、面白くはあったが、大抵は菓子になってしまった。

それでも彼は甘い物が好きだと喜んでくれた。

利害のない関係。

それだけで嬉しい。

「海江田さん、泳げないんですか?」

「誰も泳げないとは言ってない」

「でも今、海に入ってもどうにも進まないって」

「波が来るのが嫌いなんだ。人の努力を無にするように押し戻すから。正確に言えば泳げないんじゃなく泳がない、だ」

「本当に？」

「プールでなら一キロぐらい軽く泳ぐぞ」

もう店員にも顔を覚えられているだろうな、と思うほど使っているホテルのティーラウンジ。この空間も、非現実的な雰囲気に一役買っている。

コーヒーを飲むだけにしては豪華過ぎる店。座る椅子もゆったりとしたソファで、傍らにはクッションすら添えてある。

天井は高く、テーブルの間は広い。

通い慣れても、自分のテリトリーではない空間。

豪華で、ハイソな空気が漂っていて、自分に似つかわしくない気がする。

高級感が似合わないとは思わないが、お行儀がいいのは苦手だ。

いつもなら長居したくないと思うような静かな場所。だが、彼と話をしていればそれも気にならない。

自分自身、この場に合わせて行儀よくふるまうことも覚えてきた。…ような気がする。

「スポーツはやられるんですか？　以前言ってらした弓以外に」

「スポーツって決めてやることはないな。まあ身体を動かすことは好きだが」

「バスケットとかしません？」

「やれと言われればやるが、どうしてだ？」

「…背が高いから、やればいいのにって思っただけです」

彼のことだけ見てると、少し気になることはあった。

俺と会話をしている時に、ふっと遠い目をしたり、今のように返事を言い澱むことだ。バスケットのことにしても、誰かやっていた人間でも知ってるんだろうか？

だが、それを問いただすことはもうしなかった。

慣れてきたというのもあるし、彼がまだ俺に対して多少遠慮と緊張があるのだろうと理解していたので。

「篠原は何かスポーツをやってるのか？」

「仕事がありますから、特には…。でも走るのは好きです」

「走る？　ジョギング？」

「ええ。海江田さんも走りますか？」

「俺がジョギングしてる姿は想像できんな」

「でも泳ぎはするんでしょう？」

「走るってのはどっか勤勉な気がして、俺には似合わない気がする」

「そんなことないですよ」

「まあ、そのうち。一緒に走ってくれるっていうなら考えてもいいが」

「いいですよ」

「本当に？」

「ええ」

「…それじゃ、考えよう」

俺の返事を聞いて、ふふっと笑みを見せると、それだけで他のことはどうでもいい気もする。

だがそろそろ前へ進みたいという欲も湧いていた。

「ジョギングもいいが、そろそろここ以外で会うことを考えないか？」

「そう…ですね」

「いいのか？」

意外な返事に、勢い込んで身を乗り出すと彼は笑った。

「そんなに驚かなくても」

「驚くさ、今までずっと袖にされ続けてたんだから」

「今日まで海江田さんと色々お話しして、あなたが思っていたのとは違う人だとわかりました」

「どんなふうに思ってたんだ？」

「…それは内緒です」

「じゃ、今は？」

「今は…、楽しい人だと思っています。それに、強引で言動に粗野なところはあるけれど、紳士でもあると思ってます」

「紳士な部分が見えるとしたら、篠原が相手だからさ」

「だとしたら、私にはずっと紳士でいてくれるんでしょう？」

「努力する」

「約束はしてくれないんですか？」

ここで『約束する』と答えるのは簡単だが、やはり彼に嘘をつきたくなかった。

「約束して破ったら、もう信用を得ることはできないだろう。俺には欲望がある。我慢はするが、例えば据え膳になったらその我慢が続くかどうかわからない。なので、俺も努力するからお前も警戒してくれ、と言っておく。それが事実だから」

「適当なことが言えない性格ですか？」

「篠原にはな」

「私だけ？」

「そうだ。篠原だけが特別なんだ」

「あなたのその気持ちはまだ信用できません。いくら好みだったと言われても、唐突過ぎます。からかわれてる気がします」

「そんなことはない」

「その言葉を半分信じてみます。それに、時間をかけて話をしてみて、私があなたを気に入ったので、お付き合いを深めてもいいと思ったんです」

「どのくらいまで？」

「ここ以外で会う程度に」

「まだそんな程度か…。だが、一歩前進したなら、二歩も三歩もあり得るからな、これからの努力次第ってわけだ」

「前向きですね」

「後ろを向いてもしょうがない」

「あなたの…、そういうところは好きです」

「前向きなところか？」

「ええ」

「ってことは、俺はアプローチしてもいいって許可を貰ったようなもんだな」

そういう意味ではありません、と言われると思った。けれどたとえそう返されても、戸惑う彼の表情が見られればいい、自分の気持ちがアピールできればいい、そう思っての返しだった。

だがこれも、彼はちょっと考えてから頷いた。

「強引でなければ」

デートの約束といい、アプローチの許可といい、これは思った以上に進展しているのかも。

「海江田さんが、私をとても好きと言ってくれる気持ちは信じられない。でもそれはあなたのせいじゃなく、私が自分に自信がないんです。あなたが真摯《しんし》な態度で接してくれる立派な人だと思えば思うほど、そんなあなたから好意を受ける理由が見つからない」

「一目惚れだと言っただろう？」

「一目惚れというのが、信用できないんでしょうね。私は、恋愛は時間をかけて育てるものだと思っていますから」

彼の口から、初めて恋愛という言葉が出た。

だがそれをあからさまに喜ぶと警戒されるかと思い、軽く聞き流す。

「それは前も聞いた。だが時間をかけたら、あんたは俺に惚れてくれるか？」

「可能性がない、とは言いません」

だがその一言に対する喜びを隠すことはできなかった。

「本当か？」

とがっつくと、やはり彼は戸惑うような顔をした。

「可能性ですよ？　すぐにどうこうと言ってるんじゃありませんよ」

「それでも十分だ。獣道すらない山の中に入ったのに、やっと人が通れる道が見つかったって気分だな。あとはこの道をたどって行けば山頂だ」

「下る道かも知れませんよ？」

意地悪っぽく言われたが、それも彼が自分に警戒を解いたしるしと思えば可愛いものだ。

「下る道だと気づいたら、反対側に上っていけばいいだけだろう？」

軽口が叩けるほど俺を近くに感じてくれてるという証拠だし。

「…そうですね。海江田さんは口が上手いな」

「発想だよ。諦めたくないって意思があれば、多角的なものの見方ができるってだけだ」

「勉強になります」

「茶化すなよ。それくらい本気だって言ってるんだから。本気だから、信用できないって言葉を聞くのだって辛いんだぞ？」

「だからそれは…」

「わかってる。俺の、というよりそう思われる自分が、なんだろう？　だから我慢してる。俺の純愛を疑われてたら、もっと怒ってるさ」

「純愛だなんて」

最初は恋愛の話は持ち出すなと言っていたのに、もう止められることがないのも進歩だ。

「純愛だろう？　自分で言うのも何だが、こんなに行儀がいいんだから」

「行儀が悪かったら何をするんです？」

「それは言えない。せっかく近づいた距離が遠のくのがもったいない」

「脅しですね。あなた、そんな人じゃないでしょう」

「そう言われるのは嬉しいが、現実とのギャップが大きくなるのも困るな」

「現実を見てないので、そのことに対してはお答えしないでおきます」

「まあいい。一度焦らないと決めたんだ、まだ待つさ」

「それと…」

彼は少し言いにくそうに目を伏せた。

「何だ？」

「実は、急に仕事が忙しくなってしまって、暫《しばら》く会えないかも…」

仕事、と言われては文句も言えないが、そのセリフはちょっとショックだった。

「残業が続くってことか？」

「いえ、前任者から引き継いだ案件が、トラブルになったようで…」

「前任者は？　そいつに手伝わせられないのか？」

彼は暗い顔をした。

「…亡くなったんです」

「それはすまなかった。だが、暫くって何時だ？」

以前の会話で、人が死ぬということを重く感じる人間だとわかっているから、慰める言葉を口にしてやる。

「それがまだはっきりしなくて」

「じゃ、次に会えるのは何時だ？」

「一週間ぐらい後ですね」

俺は、むう、とした顔で不満を表に見せた。

それが功を奏したわけではなかろうが、彼からは信じられない提案を口にした。

「その代わりと言っては何ですが、携帯のメールアドレスを教えていただければ、時間が空いた時にこちらからご連絡さしあげようと思うんですが、いかがですか？」

「俺が教えるだけ？　篠原のアドレスは？」

「もちろん、お教えします」

それならば、と表情を笑顔に変えた。

「では、数日間我慢することとしよう。俺は篠原に甘いからな、お前の言うことなら何でも聞いてしまう」

「交換条件があるからでしょう？」

「それが交換条件になると思ってるなら、篠原も自分の魅力に気づいたってことだ。そう、お前のメールアドレスは俺には魅力的だな。篠原が自分自身を交換に何かおねだりしたら、これからも何でも聞いてやるぞ」

「そういうことはしません」

「わかってるよ、ジョークだ。今は一週間後の水曜を心待ちにするだけで我慢しておく」

「水曜なんですか？」

「今日は水曜だから、一週間後ならそうだろう？」

「そうですね…。もしどうにもならなかったら連絡しますが、水曜ということにしましょう」

もしかしたら一週間以上空けるつもりだったのかも知れなかった言葉を口にしながらも、彼はそれを約束した。

「じゃ、携帯を」

今日はとてもいい日だった。

彼からの警戒を消し、譲歩と寛容を引き出した上、携帯のメールアドレスまで手に入れることができた。

このまま、時間さえかければ、二人の関係はいい方へ進んで行く。

その兆しだと思っていた。

「変な意味には取らないでくださいと前置きしますが、私も海江田さんが好きですよ」

そんな言葉に、有頂天になっていた。


篠原との関係が良好だと喜ぶ一方、まるでツケを払うかのように仕事の方は暗礁に乗り上げ、トラブッていた。

「ダメですね」

目の前には浮かない顔の寺島が報告に来ていた。

「何度か足を運んだんですが、連中、全く動こうとしてません」

もちろん、内容は例のホテルの一件だ。

海千山千の寺島にしてもこんな顔をしなければならないほど、この一件は困難な状況に陥っていた。

わざわざ寺島が足を運んで店舗住民達に要望を聞きに行った。

彼等の望みは、敷金を返却すること、閉鎖が決定してから今日まで実質営業不能だったことへの賠償金を支払うこと、移転費用と新規店舗の開店費用、更には一連の事象に対する賠償金まで要求してきた。

冗談ではない。

そんなものを六店舗分も支払ったら、幾らになると思ってるんだ。

この後、使えないホテルを取り壊す費用もかかるだろうし、税金もかかるし、もし取り壊さなければダンピングしなければならない。なのにそんな金を支払っては、うちの利益が消えてしまう。

引っ越しの手数料ぐらいは払ってやってもいいが、要求通りとはいかない。

「連中は結託して、交替で常駐者を置いているようです」

「ピケを張ってるのか？」

「ホテルの入口にバリケード張ってますよ。このままだと、トラブルが起こったことが周囲に知れ渡るでしょう。そうなればせっかく買い手を見つけたのに、更に安く買い叩かれるでしょう。ヘタすれば、買わないと言われるかも」

「相手は四ツ井だったな」

「ええ、大手企業なだけにイメージを大切にしますから」

もしそれで四ツ井地所を逃したら、次を見つけるのは難しいだろう。

単に新しいとこを探すというのではなく、四ツ井が降りた物件というレッテルが貼られるのだから。

そうなれば売るなら値引き、売らなければ維持費等の経費がかかる。

時間がかかればかかるほど、マイナスが増えてゆくのだ。

「追い出しをかけちゃいけませんかね？」

昔の仕事のやり方を心得ている寺島としては歯痒《はがゆ》いのだろう。

だがもちろんそれを認めるわけにはいかない。

「無理だな、わかるだろう？」

「こっそりやりますよ、バレないように」

「この状況ができあがっちまってからじゃ、証拠を残さなくたって推測される。やるならもっと早くにするべきだったな」

「わかってれば、買う前にしっかり追い出しといたんですけどね」

あんな若造に任せなければよかったと、彼の顔に書いてある。

だから最初からお前を付けたのだ。事態の原因はお前にもあるだろうと言いたい。わかってるから、寺島も言葉にはしないのだろう。

「まあいい。今更言っても仕方がない。手は出せなくても口は出せるだろう。じわじわと小姑《こじゅうと》みたいに燻《いぶ》り出すんだな」

「社長、実はもう一つ言っておかなきゃならないことが…」

寺島は言いにくそうに頭をバリバリと掻いた。

「何だ？」

「その…、住民が弁護士事務所に相談したらしくて…」

「弁護士？」

「はあ。昨日行った時に言われちまって…。これからは直接住人と交渉するんじゃなく、小林《こばやし》法律事務所ってとこが入るんでそっちにしてくれと言われました」

「…弁護士か。よりやっかいになったな」

住民達が何人いても、一般人なら所詮烏合《しょせんうごう》の衆、崩しやすかったのに。法律の専門家が出てくるとなれば話は別だ。

「すみません」

謝られても、仕方がない。

「もういい。今から俺が直接行ってくる」

「社長」

立ち上がり、黙って自分の席に控えていた麻生にお前も来いと合図を送って立ち上がる。

「弁護士が出てきたんなら、こっちも下っ端じゃ舐められる。どのみちああいう奴等はいつか上を出せと言ってくるだろう。言われてから出て行くんじゃ迫力もない。先に顔を見に行って、こっちが呼び出しをかけてやる」

「直接呼び出すなら、名刺が…」

「いらん。俺が受け取ってないものを見る必要がない。向こうの連中に呼び付けさせる」

「はい」

「寺島、お前も付いて来なくていい」

「え？　でも…」

「俺は何も知らない。問題が起きたようだから来ただけ。この俺を前にして、最初から全部説明してくれと言うのに、お前は邪魔だ」

「ああ」

寺島は合点がいった、という顔で頷いた。

社長という肩書を持った人間が、特に俺のように凄みのある男が睨みつければ、間違いなく相手は萎縮するだろう。

その前で理路整然と要求を出せるわけがない。

たとえ弁護士が来ても、一度萎縮したものは膨らんだりはしない。相手がよほどのタヌキ弁護士で、俺とやり合えると住人が信じられるような者でなければ。

交渉のテーブルに着いても、『みなさんは要求がないようですよ』と水を向け、住人が頷けばことはぐっと進めやすくなる。

寺島もその手順がわかってるのだろう。

「すみません、後はお願いいたします」

と深く頭を下げた。

だが俺はもう彼を顧みることなく、麻生を連れて部屋を出た。

「行くぞ、麻生」

「あいつにはがっかりだったな」

「寺島ですか?」

「ああ」

足早に駐車場に向かいながら、目を合わせることなく語りかける。

麻生は半歩下がった位置で、ペースを揃えてついて来た。

「降格しますか?」

「肩書じゃなく、少し汚い仕事でもさせておけ。管理会社に出向させるのもいいだろう」

「押切の方は？」

「売買から外せ。一般住宅の窓口で、案内でもさせればいい」

「はい」

「新しくもう少しまともなのを雇うか？　元組員だという意識が残ってる連中はどうもツメが甘い」

「最後がダメでも力わざでイケルと思ってるんでしょう」

「それはバカの考えだな」

地下の駐車場までエレベーターで下りると、一番押しが強そうな黒塗りのベンツを選んだ。

「こいつで横付けしてやろう」

自分がヤクザだということは、いつも自覚している。

自覚したくなくても、周囲がそれを忘れさせないと言ってもいい。

ヤクザだと名乗らなくても、草食動物は肉食動物を嗅ぎ分けるのだろう。畏怖《いふ》の念を持った視線を向けられ、恐怖と嫌悪の入り交じった表情をされる。

だから、俺はそれを利用する。

俺が怖いのなら、とことん怖がるがいい。

そして俺の支配下に入れ。

俺に近づくことすらできないのなら、その立場を思い知らせてやろう。

裏社会の人間よ、と蔑むような顔はこれっぽっちもさせてやらない。その嫌悪すべき対象に頭を下げなければならない自分を思い知れ。自分の方が蔑まれるべき存在だと。

だから、自分が正しいと思う人間に、俺達のような人間を毛嫌いしている人間に、とことん自分の強さを見せつけることは快感だった。

そのために、いい服を着て、いい車に乗る。

「麻生、店主達のプロフィールは？」

「こちらに」

彼に運転を任せて後部座席に座り、渡された資料を開く。

「どいつもこいつも、簡単には諦めそうもないな」

六つの店舗の店主は、全員が六十近い男だった。

ホテル自体の古さを考えれば当然だろう。

ということは、今の店がなくなれば、新しい人生を切り拓くチャンスなど乏しい。やり直せないのならば、過ぎたものにしがみつきたいと思うだろう。

しかも家庭がある。

昔ならば、家庭がある方が楽だった。

家族の危険を匂わせれば、それだけで手を引いてくれる。だが、今は、家庭がある者がやっかいだと知っている。

報われないだろうに、家族のために何でもするという現状維持への執着が湧くのだ。

中の二人はまだ住宅ローンも残っていた。

こっちも羽振りがいい時代だったら、札ビラで顔を叩いて追い出してやるところだが、世の中せちがらくなったからな。

こっちも抱えてる者を食わせるために、自分の利益を確保しないと。

「さて、どうやって脅してみるか…」

「脅すのは厳禁じゃないんですか?」

「荒事はな、だが攻め方は色々あるさ。正攻法でだって、勝機はある。裁判所に訴えて、連中を不法占拠だと言ってもいい。そうなれば強制執行だ」

「ただそれだと時間が…」

「そう。だから連中が自分から出て行きたくなってくれるように『祈る』のさ」

「祈る、ねぇ…」

車は幹線道路を通って、すぐに目的地に到着した。

駅の改札は上りの先端にあり、ホテルはその反対側、下りの端っこに建っていた。

駅前にはロータリーがあり賑やかだが、改札がないというだけでここは随分と寂しい。

ホテルの前には個人経営らしい飲み屋が一軒、理容店が一軒。他に店はなく、無味乾燥な小さい雑居ビルが並んでいるだけだ。

駅前、には違いないがこれは思っていたより金を回収するのは難しそうだ。四ツ井地所が欲しがる理由に興味はあるが、売れてくれるんならさっさと売ってしまった方がいい立地だ。

ホテルの建物はタイル張りで、思っていたよりも古臭い感じはしなかった。むしろ、淡いグリーンの色合いはモダンでさえある。

しかし、ガラス張りのエントランスの前には安っぽい会議用の長テーブルが積み上げるように横倒しに置かれ、『強制立ち退き反対』という手書きの横断幕が張り付けられている。

俺の車がそのテーブルギリギリに停まると、建物の中から慌てたように一人の中年の男が飛び出して来た。

麻生が先に車から降りると、男は彼に歩み寄り声をかけた。

「すみません、ホテルに御用の方ですか？」

スーツに眼鏡、慇懃《いんぎん》な態度の麻生は、どうやら寺島達とは結び付かないらしい。

「そうです」

「申し訳ありません。ホテルはただ今営業を中止しておりまして。店舗の方は開けてるんですが、営業は夕方の五時からになります」

驚いたな。

この状態で営業してるのか。

ということは、その時間になると、この長テーブルは退けられるということか？

「私は、閃光不動産の者です」

麻生がそう名乗ると、男は「え！」と驚きの声を上げた。

「本日は社長が皆様とお話をしたいということで、出向かせていただきました」

秘書の言葉を受けて、俺がおもむろに車を降りる。

体格のよい俺が現れると、男は一瞬怯《ひる》んだ。

「社長…さん？」

「こちらが、社長の海江田様です」

答えるのはもちろん麻生で、俺は黙って相手を睨むだけだ。

「失礼ですが、あなたはどちらの方ですか？」

「…『鳥《とり》よし』の若林《わかばやし》です」

『鳥よし』というと、地下の飲み屋か。

「それでは、すぐに皆さんを集めてください。社長が皆さんから話を伺いたいそうです」

「でも…」

「社長自ら足を運んでくださったんですから、言いたいことがあったら今の方がよろしいですよ」

麻生が水を向けても、男は困ったように逡巡《しゅんじゅん》していたが、「ちょっと待ってください」と言って中に戻って行った。

「待ちますか？」

「まさか。俺の持ち物に足を踏み入れることを止められるヤツはいないだろう?」

「わかりました」

俺は手を動かさず足だけで積まれたテーブルを崩し、派手な音の中、正面から建物の中へ入った。

入って正面にロビーカウンターがあり、以前見せられた案内図では右手には喫茶室、左手にレストランとなっていたが、今は何もかもの明かりが落ちて薄暗い。

ロビーの前にはソファと小さなテーブルが置かれていたが、篠原と会っているホテルのウエイティングスペースと比べれば、まるで歯医者の待合室だ。

俺はそのソファに腰を下ろし、タバコを取り出した。

「お吸いになるんですか? 灰皿がありませんが」

「何でもいいから探してこい。灰が落ちる前にな」

「はい、はい」

麻生がロビーカウンターの中に入って小さな陶器の皿を持って来るのと、さっきの若林が戻って来るのはほぼ同時だった。

若林は、同じ歳ぐらいの痩せた男と一緒だった。

ソファは一つしかなく、俺が座っているから若林達は俺の目の前に立った。

「ここでタバコは…」

と言われたが、無視して煙を吐き出す。

「すみません、ロビーでタバコはご遠慮願えますか」

「ロビー？　どこのことだ」

普段よりも低い声で答え、顎を突き出すように二人を見上げる。

「もうここは単なる廃墟、ロビーなんてものはもうどこにも存在しないだろう？」

その一言で、彼等は『俺』を理解した。

「海江田さん、でしたね。私は二階で日本料理屋をやっています、墨田《すみだ》と申します」

後から来たこの墨田の方が、落ち着きがあるな。俺の目を見て話をするとは。

「日本語を正しく使った方がいい。『やってます』じゃなく、『やってました』だろう？　ここはもう閉鎖になってるはずだ。俺が買い取ったんだからな」

「そのことですが、私達は何も聞かされていなかったんです。敷金も返してもらっていませんし、いきなり店を閉めて出ていけと言われても…」

「だから？　金を寄越せとタカるのか？」

「た…、タカるだなんて」

「そういうことでしょう？」

俺はソファに深くもたれ掛かり、足を目の前の小さなテーブルの上に投げ出した。

「俺はここの持ち主とちゃんと売買契約をしたんだ。金も払ったし、契約書もちゃんとしてる。だからもうここは俺のもんなんですよ」

恫喝《どうかつ》されたと言われぬよう、声だけは穏やかに語りかける。

「でも…」

「墨田さんでしたっけ？　おたくらがやってることはね、不法占拠って言うんですよ？　何の権利もないのに他人の土地に居座って、出て行って欲しけりゃ金を出せ。これはまた随分と悪質な言い掛かりだ」

それでも、俺の迫力には負けるのだろう。

最初の勢いはどこへやら、だんだんと墨田の声がか細くなってゆく。

「わ…、私達には占有権が…」

「それはあんた達と土田との間の話だろう。俺には関係ない。金が欲しかったら、あんた達と契約書を交わした人間と交渉すりゃあいい」

「だが土田はもう行方をくらまして…」

「だから関係のない俺達から金を毟る、と？　聞いたか、麻生。善人そうに見えてこちらの方々は随分と悪辣《あくらつ》だ」

麻生も椅子には座らず、ソファの傍らに立っていた。

その彼に同意を求めると、麻生は芝居っけたっぷりに言った。

「裁判所に訴えて、強制執行していただいたらいかがでしょう」

強制執行と聞いて、相手は鼻白んだ。

「まあ、そんな可哀想なこともしたくない。俺は彼等と違って紳士だからな、人前で恥を晒させるのは好きじゃないんだ。彼等だってここに長くいたんだ、親しくなったご近所の手前ってものもあるだろう。裁判所の人間に『あんた達が悪い』と宣言されて叩き出されるなんて」

先に我々を出迎えた若林が、墨田の服を引っ張った。

「墨田さん…」

「そうだな。ご自分で出て行って下さるんなら、引っ越し費用ぐらいは出してあげよう。彼等も土田に騙されたようなもんだし」

「引っ越しの費用なんて言われたって、引っ越す先もないんですよ」

「そんなのは俺の知ったことじゃない」

甘えたことを言うから、僅かに声を荒げる。

顔には笑みを浮かべたままで。

「でも…」

「俺の所有物に寄生するな」

「寄生だなんて…!」

「三日以内に出ていけば、引っ越しの費用は出してやろう。それを過ぎたらビタ一文出さない。返事は?」

「そんなこと、すぐのすぐに返事ができるわけないでしょう」

「しろよ。元々あんた達が自分が店を開いてるホテルの経営状態も知らず、契約者の動向も調べずにいた怠慢が招いた結果だ。自分のことは自分でやりましょうと親に教わらなかったのか？」

「べ…、弁護士が…」

「弁護士が？」

「弁護士の先生が、出て行かなくていいと言ったんだ」

「ほう、ならず者に手を貸す悪徳弁護士か」

「ならず者はあんた達だろう！」

「聞いたか、麻生。正式な土地の所有者に向かって、今度はならず者と言ったぞ」

「悪口雑言ですな。脅されてるとも取れます」

「先にならず者呼ばわりしたのはあんた達じゃないか」

「当然だ。不法に他人の建物を占拠してる人間なんだから」

「違う、ここはちゃんと私達が借りて…」

「だから言ってるだろ。俺はあんた達なんか知らない。お前らが契約したのは土田なんだから、土田を訴えればいい」

「だから…」

まだ墨田が反論しようとするのを若林が止めた。

「墨田さん」

こっちは臆病風に吹かれて引っ込む気になったかと思ったが、そうではなかった。

「弁護士の先生がいらした」

応援が来たのを教えるためだった。

どれ、彼等の救世主がどんなヤツなのか、見てやるか。

二人の視線の先を追って入口を見た私は、自動ドアの向こうに見えた人影に驚いた。

彼等が金に余裕があるわけがないので、弁護士を頼んだと言っても仕事のないヨボヨボの年寄りか、企業から金を毟ることに慣れた中年のオヤジが来るものだとばかり思っていたのに、現れたのはほっそりとしたスーツが似合う若い男だった。

しかし俺が驚いたのは、現れた弁護士の若さにではない。

「遅くなりまして」

足早に近づいてきたその人物。

「篠原先生」

それが、あの篠原だったからだ。

視線が、その場にいるはずのない俺の姿を捉え、整った穏やかな顔立ちが驚きに包まれる。

「海江田さん…？」

何故あなたがここに、という顔だ。

俺はテーブルの上から足を下ろし、タバコを消した。

まさか、そんな偶然があるわけがないと思いつつも、律義で勤勉そうな彼が弁護士だというのは納得できる。

だが、ここで彼に微笑みかけるわけにはいかなかった。

「初めまして、弁護士の先生。閃光不動産の社長の海江田です」

そこに墨田達がいるから、麻生がいるから、自ら名乗って手を差し出す。

「閃光不動産の社長…」

俺には俺の立場がある。

ここはあの夢のような空間ではない、現実だ。

「…初め…まして。私、小林法律事務所の篠原と申します」

彼の細い指が、差し出した俺の手を握る。手の中に余るその温かさ。

篠原と初めて手を握り合うのがこんな状況だなんて。

「あなたが、彼等の代理、ということですか?」

「…はい、そうです」

二人の間に微妙な緊張感が漂う。

その緊張を破って、墨田が彼に訴えた。

「先生、社長さんが私達に三日の間に出て行けと…」

「三日?」

「三日の間に出ていけば引っ越しの手数料だけは支払うけれど、それ以上過ぎたら強制執行っていうのをかけると言うんです」

彼の前では、紳士でいた。

彼には、自分の綺麗な面だけを見せていた。

篠原との時間は立場も何も関係なく、ゆっくりと彼と二人の距離を縮める時間だった。

だがそれが全て目の前で壊されてゆく。

「私達をならず者だって言うんです」

自分がどういう者なのか、真実が彼に晒されてゆく。

「海江田さん、それはどういうことでしょうか。彼等には…」

「まあ、先生。あなたにもわかってるはずだ。正規の売買契約によってこの建物は、今は俺のものだって。彼等はここを不法占拠している」

けれど、取り繕うことはできなかった。

「彼等はちゃんとした賃貸契約を取り交わしています」

「それは俺とじゃない」

「ですが…」

「とにかく、早々に出て行っていただきたい」

「敷金や、保証金については…」

「払うわけがない。三日間だ。できなければ相応の対処はさせてもらう。どこに出ても、こちらに正義がある。もしかしたら、工事を入れるかもしれない」

「彼等はまだ営業中です」

「他人の土地に無許可で店を出している、違法な、ね」

「違法ではありません」

「どっちにしろ、話すことは何もない。俺から言えるのは、三日の間に出ていけば引っ越しの代金だけは払うが、それを過ぎれば一円も払うことはできないというだけだ」

「海江田さん」

彼に睨まれると、胸が痛む。

「わかった。そんなに言うなら、もう少し話し合いをしてやろう」

「社長」

俺と篠原の関係を知らない麻生は、傍らで驚きの声を上げた。

「二人きりでゆっくりと、だ」

「それは…」

「彼等のために交渉してやりたいんだろう？　だったら来い。その必要がないなら、ここで終わりだ」

彼は暫く悩むように考えていたが、心を決めたように頷いた。

「…わかりました、まいります」

「麻生、聞いてたな。俺はこの先生と話がある、お前は先に社に戻ってろ」

「しかし」

「戻ってろ」

「…はい」

何か言いたそうな麻生を一喝すると、俺は篠原を振り向いた。

「来い」

ここではできないが、事情を説明したい。

話し合えば、まだ修復可能かも知れない。彼は少しずつではあるが、ちゃんと俺に歩み寄ってくれていたのだ。

その篠原を手放したくなかった。

どうしても、俺は彼を手放したくなかった。


ホテルの外へ出ると、そのまま賑わう改札の方まで連れ立って歩き、タクシーを拾った。

車に乗ると、彼は何か言いたそうだったが、行き先だけを告げ言葉をかけられぬように腕を組んで目を閉じた。

どうやったら、彼を手放さずに済むだろう。

俺も仕事だから仕方ないのだ、と言って聞いてくれるだろうか？

いや、聞いてもらわなくては。

何をしてでも、俺は篠原を逃がしてはいけない。でなければ、今まで我慢した甲斐もない。今まで我慢できた理由が立たない。

彼を手に入れるために、今まで行儀よくしてきたのだ。

どんなに時間がかかっても、彼を手に入れられると思っていたからこそ、遅々とした歩みを続けてきたのだ。

それはきっと込み入った話になるだろう。

そこらで話せるようなことじゃない。

「…ここは、どこですか？」

だから、会談の場所として自宅を選んだ。

「俺のマンションだ」

「海江田さんの？」

都心の一等地に建つ白亜の建物。

彼はそれを見上げて、ちょっと怯んだような表情を見せた。

「俺とお前が以前からの知り合いだったと知られるのは、お互い歓迎できないだろう。ここなら人目がない」

異論を唱えさせる前に、俺はエントランスに入り、奥へ向かった。

ここまで来たからには他の道はないと思ったのだろう、彼は黙ってついて来た。

五階のワンフロアを全て使った俺の部屋は、権力の象徴として、広く、豪華に造られていた。

大理石で造られた玄関を入り、そのまま広いリビングに抜ける。

「凄い部屋ですね」

カーフ《仔牛の革》のソファが置かれた場所へ足を踏み入れると、彼はさして驚いた様子も見せず感嘆の言葉を口にした。

「一応社長だからな」

「…あなたが社長だとは思いませんでした」

「それは役職という意味か？　それとも今の立場か？」

「両方です」

「まあそうだろうな。俺も篠原が弁護士とは思わなかった。バッヂもしてなかったしな」

「勤務外では外すようにしています」

「そうか、俺達はプライベートで会ってたんだから当然か」

そこに、自分達の関係と、仕事は別だという響きを持たせる。

「座れ、酒…、は弱いんだったな、コーヒーでも飲むか?」

「いいえ、おかまいなく」

彼がソファに腰を下ろすから、俺も少し離れた場所に腰を下ろす。

ホテルのラウンジと違い、音楽も他人の気配もない場所は、静かすぎて気まずかった。

その沈黙に耐え兼ねて、タバコを取り出す。

「最初に言っておく。今回のことは、全く予期しなかった結果だ。俺はあのホテルの担当の弁護士が、お前だとは知らなかった」

「わかってます。あなたと私が知り合ったのは、あのホテルが買収される前でした。私も、あなたが閃光不動産の社長さんとは知りませんでした」

「お互い、相手のことは調べない約束だったからな」

「ええ」

「あのホテルのことですが…。強制執行をかけたいとか」

そんなことを話したいと思ってるわけではないのだが、今はまだどこから話をしていいのか自分でも見当がつかないので答えてやる。

「最後の手段だ。もちろん、その前に出てってもらいたい」

だがこの話し合いがその後の話にいい影響を与えるとは思っていなかったので、少し不機嫌になってしまう。

「猶予期間は六カ月あるはずです」

「それは彼等と俺が契約していた場合だろう。俺はあいつ等と賃貸契約はしていない」

「彼等には民法一八〇条によって占有権が認められているはずです。営業権、居住権は、第三債務者への陳述申告を…」

「占有権か。自らの意思、または法的手続きによらなければその物を取り上げることはできないってやつだな」

自分の部屋に篠原を呼んだというのに、どうしてこんな話をしなければならないのか。

俺がしたいのはもっとプライベートなことだ。

「はい、ご存じなんですね」

篠原はそうじゃないのか？

俺とのことは、後回しでいいのか？

「俺は法律家じゃないが、不動産屋の社長だ。それくらいは心得てる。だが、彼等は不法占拠だ」

「賃貸契約があります」

「俺が相手じゃない」

「だとしても、不動産の登記簿謄本が譲渡される以前から結ばれた契約です。賃貸権期限の更新は買い受け人に対抗出来ます。簡単に言えば、売る前から借りてる人には、抵抗する権利があるんです」

「だから？」

「最低限、敷金の返却はあなたの義務です。売却基準額は敷金の返金義務を考慮して定め、保証金を含んでいたはずです」

「元の持ち主である土田は賃貸人のことを口にしなかった」

「それを調べなかったのはそちらのミスです。不満があるなら、土田さんを訴えればいい」

「それを言われると弱いが、土田は行方不明だ」

「あなたも知らないんですか？」

「ああ」

「本当に？」

「わかってたら、捕まえて俺があいつに損害賠償請求を出してる。ちなみに、銀行も探してるようだが、あっちもまだ所在の確認はしてないらしい」

「そうですか…」

仕事を語る彼の顔は、険しくもやはり綺麗だった。

自分は見たことのない顔だが、きっといつもこんなふうに喋るのだろう。

不謹慎にも、そんなことを考えながら乾いた話題を続ける。

「金を渡したらすぐに連絡が取れなくなった、計画的な行動だろう。小賢しい男だ。だが、ホテルの登記は済んでる」

「事情があるにしても、彼等の権利は守られるべきです」

「それは俺には関係ない」

「海江田さん」

「事実だ」

「事実ではありません。あなたがあの物件の持ち主である以上、あなたには関係のあることです」

「この話はもういいだろう。それよりもっと話すべきことがあるんじゃないのか？」

終《つい》に俺は苛立ちを抑えることができず、身を乗り出した。

「もっと話をするべきことって…」

「俺達のこれからだ」

篠原は顔を強ばらせた。

「そんなことより、こちらの方が重要です。彼等の生活がかかっているんですよ？」

「そんなもの、知ったことか」

「海江田さん！」

「俺にとっては何よりお前とのことが重要なんだ。言ってくれ、ここの仕事と俺とのことは関係ないと」

「…関係ないとは言えません」

篠原は目を伏せた。

嫌な予感が走る。

「…こうなったからには、あなたとのお付き合いは継続することはできません」

そして、その予感は当たってしまった。

「何を…！」

ダメだ。

そんなこと、許せない。

「わかるでしょう。このままで行けば、私とあなたは裁判で争う立場にあります。そんな私達が個人的に会えるわけがない」

「そんなことは関係ない」

「関係あります。私は弁護士なんです」

「だから何だ！　俺はお前が弁護士だなんて知らなかった。お前が弁護士だから好きになったわけでもない」

「でも私は弁護士です。あなたと争う立場にある。私にはホテルの人達の生活を守る義務があるんです」

「この一件が終われば、そんな立場もなくなる」

「いいえ。もともと…、私があなたを好きになることは許されないことだった。海江田さんを好きになれるわけがなかったんです」

「俺が、連中を追い出すからか」

「そうじゃありません。私は…、海江田さんと付き合えない、付き合わない方がいいというだけのことです」

理由などない、と言うのか。

ついこの間、これから親しく付き合ってもいいと言っていた口で。

それは嘘だと言っているようなものだろう。

俺がお前の仕事の邪魔をするから、お前のクライアントを叩き出すから、それを知ってしまったから幻滅しただけだろう。

しかも、やり直すチャンスもくれないと言うわけだ。

俺が、彼等を追い出すと聞かされたから、善良な市民に危害を加える人間だと知ったから、問題が解決しようがどうしようが、俺に対する好意は消えてなくなったというわけだ。

これで、終わりだというのか。

「もう、個別にお会いすることはないと思います」

その一言が、俺の何かに火を点けた。

「プライベートな関係は、終わりということか？」

希望があるから、期待があるから、ずっと我慢をしていた。

「…はい」

この俺が、行儀よく、真面目に、ゆっくりとした付き合いを続けてきた。

「そうか」

だがその全てがなくなってしまうというのなら、俺が紳士でいる必要などない。

「ではいいだろう、弁護士の篠原と、閃光不動産の社長として話をしよう。立ち退きは二日後、四日目の朝には全てを明け渡してもらう」

「それは無理です」

「無理だろうと何だろうと、これが俺の決定だ。強制執行の届けも出すが、先に実力行使させてもらう」

「それは犯罪です」

「俺の持ち物だ。彼等と賃貸契約は結んでいないし、賃料を貰ったこともない。不法占拠の住人を排除することに問題はない」

「あります。物件売り渡し前の更新だった場合、賃借権は買い受け人に対抗できます」

「賃貸契約者が俺でない限り、どう争っても俺が勝つ。たとえ捨てたものの損害賠償請求をされたとしても、あんなボロい店のものだ、大した額でもないだろう」

「捨てる？」

「もちろん、出て行かなければ荷物は放り出す」

「そんな！　お願いです、そんなことしないでください！　海江田さんはそんなことをする人じゃありません」

篠原は懇願するように俺の腕にすがった。

「やつ等を追い出して欲しくないのか？」

「お願いです」

その篠原を冷たく見下ろす。

「俺は篠原には甘いからな。お前のお願いなら、聞かないわけにはいかないな」

彼の顔に、僅かな安堵が浮かぶ。

「だが、俺とお前はプライベートでは関係のない人間なんだから、願い事をされるいわれもないわけだ」

そして引きつった。

それでも、お前の性格からすると、『では付き合いますから願いを聞いてください』とは言えないだろう。

言ってくれれば、まだ可愛げがあるのに。

「だからこれは取引だ」

「取引…？」

怒りに包まれ、その顎を取り、唇を奪う。

「…ん！」

触れることを想像もしなかった。すれば我慢できなくなるとわかっていたから。その篠原の唇を、容赦などせずに貪る。

ソファに押し倒し、尚も求め、唇を舌で押し広げて中へ。

抵抗するように暴れる彼の手が、俺の背中をドンドンと叩いた。

だが彼の力で殴られる程度、痛みも感じない。

それどころか彼の前で押し込めていた俺の中の野生が解き放たれた今、獲物の抵抗など残虐な愉悦に変わるだけだ。

濡れた舌を吸い上げ、舐め回し、堪能する。

やがて、抵抗が無駄と悟ったか息苦しくなったのか、抵抗が弱まり叩く手が止まったところで身体を離した。

僅かに紅潮した頬で睨みつける瞳。

「俺を捨ててまであの連中を守りたいんだろう?」

そんな目で見られることが怖かった。

だが今はもうどうとも思わない。微かに心は痛むが、彼を失うという痛みとは比べ物にならない。

「捨てるなんて…」

「だったら守らせてやる。お前のその身体で一週間だ」

俺は手を伸ばし、彼のネクタイを引っ張った。

「海江田さん…！」

さすがにそれだけで身体を起こすことはできなかったが、近づいた顔にまた軽くキスをする。

篠原は拒むように首を振り、逃れた。

「心のない身体だけなら、せいぜいがその程度だな」

好かれたいと、本気で思っていた。

彼に笑いかけて欲しいと、ずっと思っていた。

だがそれが叶わないなら、もう何をしようと一緒だ。

だったら、何も手に入れられないまま逃すより、身体だけでも手に入れてやる。

「止《や》めて下さい…っ！」

肩を押さえ付け、遮ろうとする彼の腕をくぐり抜け、ネクタイを外す。

「今のお前は好みなだけの身体だ。だがそれでも、まだ興味はある。だからこの身体一つで、連中の立ち退きの猶予を倍以上に延ばしてやると言ってるんだ」

弁護士のバッヂが輝くスーツのボタンを外し、大きく左右に開く。

己の置かれた状態を悟って彼が逃げ出そうとした時には、もう俺の手は彼のワイシャツを引き裂いていた。

「お前も面目が立つだろう？　俺を口説いて猶予を延ばしたって。一週間後にまた会う時、もう一度交渉だ」

「止めて…！」

大切にしていた分、切り捨てられた怒りが俺を追い立てた。

一番美しいと思ったものをこの手で壊すという、酷く残虐な想いへ…。

篠原が、俺を見る目が好きだった。

初めて彼と出会った時の、涙を流す印象的な視線も好きだったが、言葉を交わしている時の、はにかむような、困ったような顔が好きだった。

俺が『何者』であるかを知っている連中とは違う。対等で、攻撃性のカケラもない、穏やかな目だった。

その視線の前では、俺は違う者になれた。

礼儀正しく、暴力的ではなく、己の中の欲望に鎖をつけることができる。他愛のない会話と、穏やかな時間を楽しみ、相手を思いやり優しくしてやりたいと願う、そんな人間に。

だが、篠原はそんな俺を捨てたのだ。

自分の中の数少ない善良な部分を、彼は己の立場と仕事のために捨ててしまった。

そうなれば、残るのは粗野で独善的で、欲望にまみれた男でしかない。

彼のことを好きだった。愛し始めていた。その分、怒りは強く、逃げ惑う彼を追い詰めて身体を求めることに躊躇などなかった。

むしろ、彼の乱れた姿を目の当たりにすると、その姿にそそられ、止まらなくなった。

「や…」

押さえ付ける薄い肩。

引き裂いたワイシャツの襟元から覗《のぞ》く鎖骨。

抗《あらが》う手首を掴み、押さえ、その鎖骨に唇を這わせる。

「…め…」

彼の右手を、ソファと彼の身体の下へ押し込んで動きを封じ、シャツを口で咥えて引っ張る。まるで、獣が獲物の皮を食いちぎるように。

胸は露《あらわ》になり、淡い色の乳首が覗く。

それを口に含んで、舌先で転がした。

「…っ」

口の中で小さな突起を弄《もてあそ》ぶ。

彼の動きを封じるために手を使ってしまうから、愛撫するのは口でだけ。

胸を吸われて『されていること』を実感したのか、篠原の身体が強ばり抵抗が少し緩む。

その隙に顔を下げ、股間を軽く咥えた。

「海江田さ…っ！」

驚きに彼の身体が跳ねる。

だが俺がもう一度少し強く食《は》むと、ビクリと動いたまま固まった。暴れたら噛み付かれると警戒したか？　だがおとなしくしてたからと言って、俺が止まるわけがない。

「止めて…下さい…」

哀願する声を無視し、ファスナーを咥えて引き下ろして開いた場所をまた口で探る。

男の性《さが》だな。

刺激を受け、僅かずつではあるが彼の股間が反応し、硬くなってくる。

それを唇で感じると、更に嗜虐心が煽《あお》られた。

イタズラでは済ませられない。

本気で篠原が抱きたい。

少しでも傷が残れば暴行事件として立件される可能性が高くなる。

だがそれでもいい。

俺は彼の手を放し、身体を起こした。

「海江田さん…」

安堵の表情を浮かべる彼の愚かさが愛しい。

俺がこれで終わりにすると思ったか？

そんなことがあるわけがないのに。

身体を起こしたのは、体勢を整えるために過ぎない。それもわからず自分も起き上がろうとしている篠原の身体を抱き寄せる。

「止め…っ！」

もうボタンのなくなっているシャツを脱がすのは簡単だった。

今度は背を向けて逃げようとする彼を背後から抱き締め、胸を探る。

「や…っ」

右手は胸に残したまま、左の手を股間に伸ばす。そこも既にファスナーが下りているので、ボタンを外すだけでズボンが落ちた。

下着の中に手を差し入れ、ソコを握る。

柔らかな肉の感触に、血が沸き立った。

「あ…」

「セックスは初めてじゃないだろう？　もし初めてだったら、ちゃんとベッドへ運んでやるぜ」

返事があるとは思ってなかった。なのに訊いたのは、彼を辱めるためと、『ちゃんと訊いてやった』という言い訳のためだ。

彼が、他の誰かと寝たという話など聞きたくはないので、返事はなくてよかった。

肉をまさぐり、敏感な部分を探り、変化してゆく感触を楽しむ。

いかにも貞節を重んじる彼としては、力で襲われているのに感じてしまうことは恥でしかないだろう。

男の身体なんてそんなものだ。外的な刺激で、心と関係なく反応する。けれど彼にはそれすら許せないだろう。

困惑と恐怖が彼の抵抗を薄めてゆく。

更に加えられた愛撫に反応することに耐えるためだろう、身体は強ばり、こちらにとってはやり易かった。

受け入れてくれたのかも、という楽観的な感想は持たなかった。彼の唇から漏れてくるのは「止めて」と「許して」だけだったから。

だがその言葉がだんだんと小さくなり、言葉ですらなくなってゆく。

その声をもっと聞きたくて、背後から頬を寄せ、耳朶《じだ》を舌で濡らしてみた。

「…ひっ」

他人に耳を舐められたことなんかないのだろう、およそ色っぽくない声が上がる。それがまた初々《ういうい》しく、商売の人間にありがちな芝居っぽさがなくて、そそられた。

「ちゃんと硬くなってきたな」

彼のモノを握って耳元で囁《ささや》く。

「ちが…っ」

「もう俺の手に余りそうだ」

「…違う…」

「先が濡れてきたぜ」

「…やめ…」

辱める言葉に、彼の力がどんどん抜け、声が震えてゆく。

「大丈夫、ソファを汚されるくらい、お前が手に入るなら何でもない」

「そんな…こと…」

もう泣きそうな声だ。

いや、正面から見ていないからわからないが、きっと涙ぐんでるに違いない。

挿《い》入れるか、それともイかせるだけで満足するか？

ここで逃がして二度目があると思うか？

ありはしない。

あり得るわけがない。

だとしたらここで食わなければ食いそびれてしまうだろう。

胸をまさぐっていた手を離し、ズボンに手を掛け、一気に引き下ろす。這いつくばるような体勢になった篠原は、また逃げようとしたが、無駄な努力だ。

剥《む》き出しになった腰を抱き、引き寄せようとすると、ソファに爪を立てた。その篠原の姿を見て、苛立ちが募った。

　ここまできて、まだ抵抗するのか。

　半裸で組み敷かれ、性器を弄ばれ、反応すらし始めてる身体で。

　それほど俺が嫌か。

　カッとなり、力ずくで彼を引き寄せる。

「ひぁ…っ！」

　尻に手を這わせて、その奥を探る。

　窄《すほ》まった場所を指でこじ開けると、悲鳴に近い声が上がった。

「いやぁ…！」

　無理に指を差し入れると、動きが止まる。

　そこでまた彼を抱き、前を握った。

「やめ…、お願いです…」

「お願いは一つだけだ。ここで止めるなら、あいつ等は明日にでも叩き出す」

　信じられないことに、その一言で、彼の動きは止まった。

　そこまで仕事が大切か…。

「いい覚悟だ」

　ソファに爪を立てていた彼の手が、ぎゅっと固く握られた。

まるで覚悟を決めたかのように。

犠牲的精神、それが一体何になるのか。他人のために尽くしても、何一ついいことなどありはしない。そのことを思い知ればいい。

「あ…ぁ…」

前を開け、指で解した彼の入口に自分のモノを当てる。

更に近く腰を寄せ、前を握りながら奥を目指す。

「や…」

肉は硬く、俺を拒んだ。

だが容赦なく俺は身体を進めた。

悲鳴を上げるかと思ったのに、彼は与える痛みを身体を震わせて耐えていた。

締め付けてくる熱い粘膜に、漏れ聞こえる彼の喘《あえ》ぎに、どうしょうもなく欲望が膨れ上がる。

だが、同時に心のどこかに空《むな》しさを感じていた。

好き、なんだ…。

本当に。

身体だけでは満足できるわけがない。心が欲しい。心が欲しいから、あの時間を大切にしていたのだ。

それを、自分のこの欲が、粉々に砕いてゆく。

修復など不可能なほどに。

そして心とは裏腹に、身体は彼を堪能し、いよいよ猛《たけ》り狂う。

少しでも彼に快感を与えようと、愛撫を加えると、篠原は首を振って声を漏らした。

「う…、や…ぁ…」

その首筋に、シャツから零れる肩に、噛み付くようなキスマークを残す。この時間を忘れるな、というように。

「かいえ…さ…」

彼が自分の名を口にするから、受け入れてくれているのではないかという気持ちも過《よぎ》ったが、すぐに自らそれを否定した。

これから彼が自分を呼ぶ時に含まれるのは好意ではない、憎しみか嫌悪だけだろう。

さもなければ事務的に、か。

だが忘れさせはしない。

なかったことにもさせない。

痛みしか与えることができなくても、貫いて彼に己を刻み付ける。

「あ…ぁ…っ！」

強く抱き締め、彼が小刻みに震えながら俺の手を汚した時も、己の精を彼の中に注いだ時も、気持ちだけは愛を囁いていた。

同時に絶頂を迎える。

少なくとも、篠原は俺でイッたのだ。

それを俺への心残りと思ってはくれないだろうか。

生々しいこの行為を飾るつもりはないが、単なる暴力ではないと感じてくれないだろうか。

「…篠原」

苛立ちや、怒りや、空しさや、悲しみや、欲望、さまざまな感情を纏《まと》いながらも、その芯だけは変わらずに彼への愛情だった。

それだけは伝わって欲しい…。

そう願って、彼の奥に自分の欲を注ぎ込んだのだと。

だが、口から零れたのは、俺らしい酷い言葉だけだった。

「これで取引は成立だ。『弁護士の先生』のお陰で、やつ等の首は一週間繋がる」

抱き締めていた腕を解き、ゆっくりと身体を離す。

満足し、萎えたモノを引き抜くと、支えを失った人形のように彼はソファに頽《くずお》れた。

「もっと延ばして欲しければ、またくればいい。一週間後に会う約束もあるしな」

言葉を受けて、彼の肩が僅かに震えた気がした。けれど言葉はなかった。

今きっと、自分は醜い顔をしているだろう。

映画の中の悪役のように。

「シャワーは好きに使え。帰りたければ帰ってもいいし、残るなら、もう少し話を聞いてやる」

服を直し、突っ伏したままもう動かなくなった彼を置いてベッドルームへ向かう。

自分の引き裂いたシャツの替わりを持って戻り、床へ投げ置いた。

それから、何も言わず別室へ籠もり、タバコを吸った。

彼が、己のクライアントと立場を優先させた時、俺の恋は終わった。わかっていても、まだ何かを期待していた。

自分であそこまで篠原を傷付けておきながら。

もう一度あのドアを開けた時、彼はどうしているだろうか?

俺を恨み、憎しみに満ちた視線を向けてくるか、バスルームへ姿を消しているか…。

タバコ二本を煙に変えようやく頭が冷えてくると、傷付けた彼の身体にようやく思いが至り、手当ての一つもしてやろうとリビングに戻った。

けれど…。

歪《ゆが》んだテーブル、俺が投げ置いたままの彼のための新しいワイシャツ、二人分の汚れを拭い取ったソファ。

そこに篠原の姿はなかった。

恨み言を記したメモ書き一つなかった。

「ふ…っ」

これが彼の答えだ。

そして現実なのだ。

空っぽの部屋を見つめながら、俺は夢の終わりを感じた。

大切なものを失ったという悲しみと共に…。


翌日、出社するとすぐに俺は、麻生に「俺がいいと言うまで誰もあのホテルに向かわせるな」と命令した。

「弁護士に何か言われたんですか？」

突然態度を変えた俺に麻生が尋ねても、本当のことを説明できるはずもない。

「色々法律上不備がありそうだからな、少し態度を考える」

「ではこちらも久保田《くぼた》を呼びますか？」

久保田、というのはうちの顧問弁護士だ。だが、弁護士を立てれば話し合いは弁護士同士ということになり、俺の出番はなくなってしまうだろう。

篠原が仕事熱心であるならば、仕事がある限り彼はまた俺に連絡を取ってくるだろう。その僅かな可能性を手放したくない俺は、その提案を却下した。

「いや、いい。こじれたら頼むかも知れんが、今は俺が担当する」

「社長自ら？」

　麻生は自分の席で驚きの声を上げた。

「問題があるか？」

「いえ、今、他に大きな問題もありませんし…」

「ではこの話は俺が預かる。寺島や押切にも、こっちから言うまであのホテルへは近づくなと言っておけ」

「はあ、しかし…」

「何だ？」

「四ツ井との交渉は…」

「少し待たせておけ」

「待たせると申しましても…」

「土田が残した問題を処理していると言え。引き渡しは綺麗にしてからの方がいいだろうと言えば、向こうも黙るだろう」

「交渉を中断するというわけではないのですね？」

「当然だ。四ツ井の方は任せるから、上手くごまかしておけ」

「…わかりました」

いつもと何かが違うと感じてはいても、そこは絶対的な上下関係があるから、敢えて突っ込んで尋ねるようなことはしなかった。

一週間だ。

彼を傷付けた代償として、一週間だけは約束通り何もしないでおいてやろう。

その間に何か連絡を取ってくれればよし、そうでなくとも一週間後には、いつものホテルでの約束の日が来る。

それで彼がこれからどうするつもりなのかが、わかるだろう。

この期《ご》に及んで、彼がにこやかにティーラウンジに現れるなんて幻想は抱いていなかった。

だが、仕事の話し合いでなら姿を見せるかも知れない。

俺が約束を守れば、まだ可能性があるかも知れない。

それにすがっていた。

彼を襲い、身体の欲望だけを満たしても、やはりまだ篠原が欲しい。

自分でも、これほど彼を欲しているとは思っていなかった。どんな手段を使っても彼の身体を手に入れたいと思ったのと同じくらいに、何をしてでも彼の心も手に入れたいと思っている。

今更、何をすればいいのか。

あのホテルを、無償で彼に譲れば、彼の心が手に入るというのなら、それすらしてもいいと思っていた。

だが、物で彼の心が釣れないというのはわかっている。

そんなことをしても、感謝はされるだろうが、それだけで終わりだ。

むしろ、彼との唯一の繋がりであるこの案件が片付いてしまったら、それこそ二度と会う理由をなくしてしまうだろう。

それならば、ずるずるとこの問題を引き延ばし、これを盾に彼との面談を設ける方がいい。

たとえ、それによって自社が損害を被《こうむ》ったとしても。

こういう時、純然たる『会社』ではない俺のところは問題が楽だ。頭である俺が『白』と言えば、黒いものも白となるのだから。

事実、俺がこの問題は俺に任せろと命じただけで、たとえ疑問を抱いていたとしても麻生はそれ以上の異議を申し立てることはなかった。

長い長い一週間。

その長い間、俺はまた我慢した。

再び暴走すれば、僅かな可能性も潰《つい》えてしまう。

彼を手に入れる方法は二つしかなかった。力でねじ伏せるか、心を開かせるか。

力でねじ伏せることはやった。だが、全てを手に入れることは出来なかった。そして二度目に繋げることもできなかった。

それどころか、このままの道を選べば、彼が担当を代わって逃げだすか、俺が彼を拉致って部屋に監禁するか、という未来しかないだろう。

だが、心を手に入れる方法はわからない。わかっていればとっくにやっている。

そんなジレンマの中、俺ができることは『これだ』と思うチャンスが来るまでただ待つだけだ。

とはいえ、それがどんな時なのか、何をするべきなのかは想像も付かないが…。

そこらの女達の心を掴むことは簡単だ。甘い言葉と贈り物、ホテルのスイートに美味い食事。ルックスが悪くない自分ならば、そんなカードを揃えるだけで完璧だった。

篠原にはそのどれもが通用しない。

男であるからというだけではなく、篠原には物欲がない。出会ってから今まで、彼が俺に望んだことは腹立たしい立ち退きの延期だけだ。

それも彼の心を引き付けることにはならないとわかっている。あの取引はあくまで一方的にこちらが押し付けただけのものなのだから。

どうすればいいのか。

今更この俺が口説き方で悩むなんて…。

とにかく、何かの突破口を見つけたくて、俺はひたすら一週間後を待った。

遊びもせず、寄り道もせず。

毎朝真面目に出勤し、定時を過ぎても他にすることがないから残業し、普段は面倒がる接待の席へも顔を出した。

「そんなに真面目だと、後が怖いですね」

麻生がそんなことを言うくらいに。

「何がだ」

「後でごっそり休まれても文句も言えません」

「ハッ、俺が休む時は好きに休む。そのためにお前に高い給料を払ってるんだ」

ごもっとも、という顔で彼が頷く。

「で、ご予定でもあるんですか?」

「そうなればいいな」

「ここのところ、例のお茶のお相手とも会ってらっしゃらないようですし、そろそろ大詰めでお忍び旅行でも企ててるのかと」

相手があの弁護士だと知ったら、きっと麻生は飛び上がって驚くだろう。

「ではそうなるように祈ってくれ」

「まだ足踏みなんですか?」

「そのことはもう俺に訊くな」

感情を表に表さなくとも、それだけで相手は納得し、触らぬ神に崇《たた》りなしと視線を逸《そ》らせた。

そうして迎えた一週間後。

俺は会社をサボり、約束の時間まで部屋でイライラと過ごし、いつもよりかなり早めにロワイヤルホテルへ向かった。

いつものようにティーラウンジへ行き、いつもの席に座り、篠原が姿を現すのを待つ。

待たされることを覚悟して持って来た雑誌を開きながら、目だけは入口を窺《うかが》う。

夕方のこの時間は、いつもこれから飲みに行くようなカップルが多いのだが、今日は何かのパーティでもあるのか、スーツ姿のサラリーマンのグループが目に付いた。

声高に喋る中年男の声が、ここまで聞こえる。

待ち合わせていたカップルは、相手が現れると早々に席を立ち、姿を消す。男達も、時間が来ると一斉にラウンジから消える。

それでも、俺は残っていた。

入口で俺を見つけ、微かな笑みを浮かべて歩み寄って来る篠原の姿を想像し、切望する。

だが、彼は来なかった。

約束の時間が過ぎても、コーヒーを二杯飲み干しても、俺の元へ駆け寄って来る者は、一人としていなかった。

当然の結果だとわかってはいても、受け入れ難く、店内の客が一掃されてもまだ、俺は腰を上げることができなかった。

篠原。

お前に会いたい。

捨ててしまえばいい、諦めてしまえばいいというのは頭ではわかっていた。だがもうそれができないほど、俺は彼に惚れていた。

理屈ではないのだ。

心が、彼を欲しがっているのだ。

三杯目のコーヒーを、口も付けずに冷たくさせてしまってから、ようやく俺は立ち上がった。

この気持ち一つを持って、これからどうするべきかと悩みながら…。

約束だから、篠原のことについては何も調べなかった。

彼がどこで何をしているのか、どこに住んでいるのかも。

だが皮肉なことに、自分達が別れることになったあの邂逅《かいこう》によって俺は彼の仕事先を知った。

小林法律事務所。

そこに行けば篠原がいるのだ。

俺は寺島が受け取った彼の名刺を手に、翌日さっそくそこを訪れた。

都心のオフィス街に建つ、落ち着いたタイル張りの大きなビルに掲げられた『小林法律事務所』の文字。

あんな、金も取れそうにない案件を引き受けたから、小さな個人事務所かと思っていたが、なかなかどうして大きな事務所だ。

前任者から引き継いだと言っていたから、まだ若い彼に押し付けられた仕事なのかも知れない。

もしかしたら、個人で引き受けた最初の仕事だから勢い込んでいたとか?

何であれ、彼があの仕事に没頭しているのはわかりきっているが…。

弁護士事務所に乗り込む、というのはいかな俺でも気が引ける。

七面倒臭い能書きを垂れられて、彼にたどり着くまで、ジジイの間をたらい回しにされるのもシャクだ。

ビルに入る前には数段の階段があり、開けていて周囲からも見えやすく、ビルの前に立ち尽くして待つこともままならない。

来てみたはいいが、どうしようかと思っていると、若い男がビルから出て来て俺の方に視線を向けた。

最近は物騒な世の中だから、こんなふうにうろついていては怪しまれるかと思った時、相手は酷く驚いた顔をして近づいてきた。

その胸に弁護士のバッヂが見える。

生意気そうな面構えといい、仕立てのいいスーツといい、事務所の人間だな。

それならいっそ怪しまれる前に彼に呼び出してもらうか?

「あの、失礼ですが…」

だが、声をかけてきたのは相手の方が先だった。

「あなたは…?」

ただの不審者に声をかけるにしても、妙にじっと見つめられる。まるで、古い馴染みを思い出そうとするような、己の記憶と現実を照らし合わせるような視線だ。

この若さでは、昔の修羅場を知られているとは思わないが、突っ込んだ質問をされたくなかったので、こちらも問いかけた。

「小林法律事務所の方ですか?」

「あ、はい」

「すまないが、篠原弁護士を呼んでいただけるかな?」

「篠原…?」

その名を聞いた途端、その男は表情を変えた。

「あんたが…」

鼻に皺を寄せ、いかにも不快そうな表情をする。

「篠原を呼んでくれと言ったんだが、聞こえなかったか?」

向こうがそういう態度なら、こっちも高圧的になる。

こんな若造に『あんた』呼ばわりされる覚えはない。

「服部《はっとり》さんの身代わりが」

するとその男は小声で吐き捨てた。

「何？」

「あいつが訊けないなら、俺が訊いてやるよ。あんたの親戚に服部政義《まさよし》っていう男が…」

「海江田さん」

男が言いかけた時、建物の中から篠原が出てきて俺の名を呼んだ。

「…どうしてここに」

困惑した顔で、小走りに近づいて来る。

彼は、そこにいた男に気づくと、俺に言葉をかける前に向き直って軽く会釈した。

「篠原、くだらない感傷もいい加減にしておけよ」

「山崎《やまざき》さん。こちらの方は仕事の関係の方です」

「ふん…、それならいいが。お前は正式なうちの人間なんだから、もういい加減過去に縛られるのは止めておけよ」

「山崎さん」

それ以上は止めてくれと言わんばかりの強い語気に、山崎と呼ばれた男はぷいっとそっぽを向きそのまま去って行った。

俺と篠原だけが、その場に気まずく取り残される。

「…何故、こんなところにいらしたんです」

篠原は視線を合わせずに問いかけた。

「昨日は会う約束の日だった」

と言っても、顔を上げようとはしない。

「もう会わないと言ったはずです」

「俺は『承知した』とは言わなかった」

「そんな…」

「約束は約束だ」

「何と言われても、もうあなたとは会いたくないんです」

「だが会う理由はあるたろう」

「何のことです」

「お前が今言ったはずだ。俺は仕事の相手だと」

そこしか繋がりがないのなら、俺はそれを手放さない。

「今日でお前と取引した一週間は過ぎた」

「取引だなんて言わないで下さい。あれは…！」

反論のために上げた顔と視線がやっと合う。

だがそれも一瞬だけのことで、彼はすぐに下を向いてしまった。

「あれは…、あなたが一方的に…」

「かも知れない。だが、俺は約束は守った。二人の間で交わした約束を、俺からは絶対に破らない。だがお前は昨日それを反故《ほご》にした」

「海江田さん」

建物からまた人が出て来る。

すると彼はまるでその人物から俺を隠すかのように、近づいてスーツの袖を取った。

「…こちらへ」

だが俺は動かなかった。

「別にここでもいい」

「ここでは…、困ります」

「何故だ?」

「…ここは私の仕事場です」

「だから? 俺との話し合いはお前にとってもう仕事でしかないんだろう? だったらどこで何を話そうと、問題はないはずだ」

「仕事の話し合いなら、別の場所を設けます。こんなふうに予告もなく突然押しかけられては困るんです」

「それならいつものホテルへ行こうか?」

「海江田さん…、お願いです」

「お前にお願いと言われると弱いな」

恩着せがましく言うと、彼の顔は曇った。

「どこへ行けばいい」

「こちらへ…」

篠原は、そのまま俺を通りの角の向こうまで引っ張ってゆくと、そこでやっと袖を離した。

近くに喫茶店ぐらいあるだろうに、俺と店へ入るのは嫌、というわけか。

「昨日のことはもう過ぎたことだから許してやってもいい。で次は何時、どこで会う？」

「もう会いません」

「いいのか？　昨日で約束の一週間は過ぎた。今日居座ってるやつ等を追い出してもかまわないわけだな？」

「脅しですか？」

「そう取ってもいい。知らなかったのか？　俺は元々ヤクザだぜ」

さらけ出すなら全てさらけ出した方がいいと思って言ったのだが、彼の表情は特に変わる様子はなかった。

「…知っています。仕事の対象として調べました。でももう辞められたのでしょう？」

「いいや。看板を付け替えただけで、まだ本質は変わらない。だからやると言ったらやる」

こんな態度は取りたくないが、それしかお前の心を動かす方法がないのなら仕方がない。

「彼等に手を出さないでください」

「さあ、どうするかな。それは話し合い次第だ」

「何も社長のあなたがわざわざ出ていらっしゃらなくても」

「わかってるだろう。お前に会いたいからだ」

「海江田さん…」

俺は近くの建物の壁に彼を押し付けた。

「俺から目を逸らすな。俺がヤクザだから、お前の仕事上での対立者だから逃げるのか？　俺の気持ちは無視して？」

「無視してるわけじゃありません」

「お前に会いたいから来たんだぜ、そのことに対して何か言うことはないのか？」

「立ち退きを…」

「そういうことじゃない。だが、それを口にするなら俺に頼め、懇願しろ。お前の頼みなら何でも聞いてやる」

「止めて下さい…っ！」

篠原は、思った以上に強い力で俺を跳ね退けた。

「そんなこと…、言わないでください」

「篠原」

「そんなことを言われても、私は少しも嬉しくなんかない」

「どうして？　身体で取った勝利は嫌か？」

「海江田さん」

「身体だけじゃない。お前がちゃんと俺と向き合えば、話し合いだけでも願いを聞き入れるかも知れない。俺はそれほどお前に惚れてる」

「止めて…」

「お前が望むなら、何でも差し出してやる。それで喜ぶなら、あのホテルをくれてやってもいいくらいだ」

「止めて下さい！」

彼はもう聞きたくないというように自分の耳を塞《ふさ》いだ。

「篠原…？」

「私は何もいらない。欲しいものなんてない。仕事は仕事としてやるだけです」

「俺はお前が欲しい」

「私は…、私は…」

彼の目が正面から俺を見た。

だがそれは一瞬だけのことだった。

「何をされても、あなたを好きにはならない。あなたと知り合ったのは間違いでした」

「間違い？」

「あなたと出会うべきではなかった。言葉を交わすべきでもなかった」

「どういう意味だ」

「どういう意味も何もありません。全てが間違いだった、それだけです」

「ではお前はあの連中を見捨てるんだな？　お前が俺からやつ等を守るためには、俺に頼み込むしかないんだぞ？」

「私が頼んだら、あなたは全てを捨てるんですか？　あのホテルから手を引くと？　それであなたは社員からの信用を失墜させるんですか？」

「それでもいい」

俺の全てをくれてやる。

それが愛の言葉として最高の言葉だと思った。

だが彼は俺のセリフを嫌悪するように顔を歪めた。

「私は…、そんなもの望まない。私は一度だって、欲しいと思ったことはない。なのにどうして『あなた達』は全て捨てようとするんです…！」

「『あなた達』？」

問い返すと、彼はハッとした顔をした。

「…何でもありません」

「篠原」

「とにかく、話し合いは正式な場所を設けます。二度とここへは来ないでください」

「篠原！」

彼はするりと俺の腕の中から逃げ出し、そのまま靴音も高く走り去った。捕まえようとしても、もう間に合わない。その姿はあっという間に角を曲がり、ビル街に消えてしまった。

「あなた『達』…？」

何かが、心の奥に引っ掛かった。

一体、俺と誰を指して『達』なんだ。

『服部さんの身代わりが』

ふいに、男が小声で吐き捨てたセリフが頭に浮かぶ。

『あいつが訊けないなら、俺が訊いてやるよ。あんたの親戚に服部政義っていう男が…』

『篠原、くだらない感傷もいい加減にしておけよ』

『ふん…、それならいいが。お前は正式なうちの人間なんだから、もういい加減過去に縛られるのは止めておけよ』

あいつというのが篠原なのは間違いないだろう。だとしたら『服部』というのは誰だ？

「服部…、政義？」

俺の親戚に服部の姓を名乗る者はいない。

山崎と呼ばれた男の顔にも見覚えはない。

だがあの男は、俺が誰かと関係があるような口ぶりだった。そして篠原はそれを知られたくないような態度だった。

過去？

感傷？

「誰だ…？」

嫌な予感がした。

俄《にわか》に、胸の奥がざわつくような感覚があった。

篠原が『あなた達』と呼んだのは、明らかに失態だった。彼としては、その一言を言ってはいけないと思っていたのだろう。

だから彼は問い詰められ、慌てて逃げ出したのだ。

俺に知られたくない男。それでいて、俺と同列に並べようとした男。

不安が胸を過る。

本能が、それには触れない方がいいと警鐘を鳴らす。

だが、俺は頭の中からその名前を消すことができなかった。

幾度となく、彼が自分の向こうに誰か別の者を見ているのではないか、と感じていたことを思い出すと、余計にその人物の影が大きくなる。

そこに何かの意味があると、思わざるを得なかった。それがどういう意味であるかまではまだわからなかったが、俺には確信があった。

篠原が、突然自分から逃げ出したことに、何か関係があると。

でなければ、俺がヤクザだったと調べて知っていたとさらりと口にする人間が、相手の住まいも仕事も尋ねなくていいと言った人間が、仕事だというだけで二度と会わないと口にするのはおかしいではないか。

強姦されて尚、俺の目を見て話そうとしていたのに。服部という男の話題がチラついた途端彼が俺の目を見れなくなったのは、怖かったからではなく、やましさからだったのだ。

俺が惚れた男が、たかが仕事で争うからといって逃げ出すわけがない。

嫌われ慣れた自分が、また立場と肩書で嫌われたのだと考えるなんて。行儀よくふるまっている間に、随分と気弱な考えに支配されていたものだ。

全ては俺のせいじゃなかった。

それは、都合のいい解釈なのかも知れない。受け入れ難いこの状況に、何か別のところで理由を見つけたいだけかも知れない。

だとしても、忘れることはできなかった。

「服部政義か…」

突然自分の前に現れた、見知らぬ男の名を。

篠原が駆け去った方を見つめながら…。


これまで、約束があったから、篠原のことを調べようとはしなかった。

彼が弁護士であるとわかってからも、その約束を破ったら、細い糸が切れてしまうような気がして踏み切れなかった。

だがもう今は違う。

おとなしくしていても、誠意を尽くしても、歩み寄っても、貢ぎ物をしても、何をしても修復が不可能ならば、もう自分の好きなように動くしかない。

自分のやり方で、彼を狩るしかない。

そう『狩る』だ。

まず最初にするべきことは、篠原の身辺調査だった。

個人情報保護法なんてものができても、調べようと思えば個人の情報など調べる術はいくらでもある。

特に、彼のような公的な職業に就いている人間ならば。

裁判記録、事務所の案内、大学の文集に同窓会名簿。ネットでも、名簿業者でも、使えるものは何でも使って調べた。

調べ物など、ここのところ部下に任せ切りだったが、今回ばかりは自分で動くしかない。

篠原のことを、他人に知られたくないという気持ちもあったし、何よりこの目で全てを確かめたかったから。

会社になど行く余裕もなかった。

追い出しの一件も、暫く棚上げだった。

そうして彼のことを調べてゆくと、意図せず『服部政義』という男の正体もわかってしまった。

篠原は大学を卒業し、現役で司法試験に合格しながらも、すぐには弁護士事務所に就職することはできなかった。

近年の司法改革というやつで、昔は足りなかった弁護士が今では人余りという話は聞いていた。なりたての弁護士が個人事務所など開けるわけがなく、大抵はどこかの事務所に所属することになる。

だが、大きな事務所は先人でいっぱい、企業弁護士となるには五年以上の実務経験が必要。弁護士資格は取ったけれど、という人間が増えているとは聞いていた。

本人の才能如何ではなく、就職難だから開店休業の人間が多いのだと。

司法試験に受かって修習を終えてから半年以上経って、ようやく今の小林法律事務所に入所しているのを見ると、篠原は、就職できなかった口だったらしい。

ちなみに、あの時俺にガンをくれた山崎というのも、小林法律事務所の弁護士だった。篠原より二年上の兄貴分、いわゆる兄ベンというやつだ。

小林法律事務所では、二年前に、二人の弁護士を取った。その一人が山崎だった。それで定員はいっぱいになり、去年、今年と新卒の採用はない。

だが、篠原は中途で採用された。

理由は、二年前に雇った弁護士の一人が、病気で亡くなったからだ。病名は白血病。若かったせいか、発病から僅か数カ月での死亡だった。

その男が、服部政義だった。

二年前の小林法律事務所の所属弁護士リストによると、服部はK大学の法学部の出身で、篠原の出身大学と同じだった。

服部が亡くなった後に入所したのなら、仕事上では一緒に働いたことはないだろうが、二年の差なら大学での面識はあったはずだ。

二人の関係は先輩後輩、いや、それ以上だったかも知れない。

なぜ『それ以上』と思ったかといえば、所属弁護士リストに服部の顔写真が載っていたからだ。

「…親戚か」

その写真を見た時、俺は山崎の言葉の意味を理解した。

似ていたのだ、俺に。

多少髪形などが違いこそすれ、そっくりと言ってもいいだろう。

もちろん、小さな証明写真のようなそれ一枚ではわからないから、大学のアルバムなど、取り寄せられるだけのものを取り寄せて確認した。

だがどの写真を見ても、それが俺だと言われても否定しきれないほどよく似ていた。

初めて篠原と出会った時のことを思い出す。

俺を見て驚いたような顔を見せた篠原。

瞳を潤ませ、瞬きもせず涙を流した。その涙の印象深さに、心を動かされた。

薄く開いたまま止まった唇に誘われた。

だが…。

あれは『誰か』の名を呼ぼうとしていたのではないか?

あの涙は、『誰か』を想って流れたものではなかったのか?

伸ばされて止められた手は、『誰か』を求めて伸ばそうとしていたのではないのか?

そして、その『誰か』とは『服部政義』ではなかったのか?

俺を見て、彼は立ち止まったのだと思った。

あの涙は、どんな理由であったにせよ、俺のためのものだと思っていた。

時が止まったように、互いが見つめ合っていたのだと思っていた。まるで二人だけしかここにいないような、そんな気分になり、恋に落ちた。

だが、それが全て幻想だったわけだ。

篠原が見ていたのは、服部の幻影だったのだ。

この顔とそっくりな、亡くなった先輩、あるいはそれ以上の付き合いのあった人間を見ていたのだ。

死んだ人間が目の前に立っている。もう二度と会えないと思っていた人間が、現実自分の目の前に現れた。

その喜びと驚きとに、時間を止めていたのだ。

三日かかって掴んだ真実がこれだった。

何というバカなんだろう、俺は。

他人に向けられた視線を、自分のものだと勘違いしていたのだ。

初対面の俺の、唐突な誘いに乗ったのもそのせいだろう。

俺と同席していたわけじゃない、亡くした知人の面影を、もっと近くで、もっと長く見ていたい、それだけの思いだったのだ。

だから、俺が何者であるか、知る必要がなかったのだ。

幻影の正体になぞ、興味はなかったのだ。

俺からの贈り物を欲しがらなかったのもそうだろう。ただこの姿を見ていられる、それだけで十分だったのだ。

腹立たしい。

仕事上の対立者となったからというだけで、俺との付き合いを止めると言い出した時の腹立たしさとは比べ物にならない怒りが湧いた。

俺は、本気だった。

彼を愛していた。

自分も最初は見かけだけで彼に惚れた。

あの綺麗な顔立ちを、好みだと思ったから声をかけた。

だが、のめり込んだのは、彼と言葉を交わし、篠原という男の人間性に触れたからだった。

けれど、篠原は俺が行儀よく我慢して彼との関係を作ろうとしている間、ずっと俺の向こうに服部という男の姿を見ていただけだったのだ。

コケにされた。

これほどバカにされることがあろうか?

「クソッ…！」

俺は集めた資料を部屋にブチ撒けた。

立ち上がり、その書類を踏み付けてサイドボードから酒を取り出す。

飲まなければやっていられない気分だった。

氷を取りに行くのも面倒で、グラスになみなみとブランデーを注ぎ、一気に呷《あお》る。灼ける喉も、この腹立たしさを和らげることはできなかった。

彼が俺から逃げたのは、仕事上の対立者となったことがきっかけだっただろう。

弁護士という立場から、係争中の相手と付き合えないと言うのも、嘘ではなかっただろう。

だが本音は、俺が服部ではないと気づいたからだ。

弁護士だった服部ならば、居座る彼等を追い出すなんてことはしなかっただろう。篠原を自室へ連れ込み襲うなんてこともしなかっただろう。

服部の人間性までは調べられなかったが、俺とは違うはずだ。

『いいえ。もともと…、私があなたを好きになることは許されないことだった。海江田さんを好きになれるわけがなかったんです』

この部屋で、篠原が俺に向けて言ったセリフ。

あの時は仕事上のことだけだと思っていたが、それも間違いだった。

あれは、服部と似た男を好きになることは許されない、好きになれるわけがなかった、という意味だったのだ。

『何をされても、あなたを好きにはならない。あなたと知り合ったのは間違いでした』

似ているから、付き合った。

だが別の人間だとわかったからには『海江田』という男は好きにならない。自分が好きなのは、同じ席に着いて語り合いたかったのは『服部』だった。

その違いを忘れて親しくなったのは、間違いだったと言うのだ。

間違い？

この俺が？

今までの全てが？

裏切りだった。

だがその裏切りを知っても、まだ彼を嫌いになれない。

それなのに、俺は彼を追わないのか？

自分の知らないところで、誰が何をしていようと、俺には関係ない。

死んだ人間を思い出すから別れましょうと言われて、今までの付き合いが幻想だったとわかって、自分の欲しいものを自ら手放すのか？

いつの間にそんなに軟弱な考えをするようになったのか。

あれは俺が欲しいものだ。

俺が、俺の欲しいものに手を伸ばすことに何の異論がある。

こんなに腹が立っているというのに、もう篠原のことは忘れようという気になれない。それが自分の気持ちなのだ。だったら、忘れる必要はない。

むしろ、彼と自分の間に立ちはだかる服部という男をこの手で消し去り、彼に自分を選ばせたいという欲が湧いた。

踏み付けて皺になった服部の写真を拾い上げて、もう一度じっと見つめる。

優しいかも知れないが、つまらなさそうな男だ。

写真自体が仕事用のものであるから仕方がないのだろうが、表情も乏しく、優等生然とした雰囲気が漂っている。

この、今はどこにもいない男に負けて尻尾を巻く？　俺が？

もしこいつが今も存在していたとしても、俺がこんな男に負けるわけがない。

欲しいなら奪うさ。

それが『俺』だ。

篠原のために我慢をしていたが、その必要がないのなら、おとなしくしている必要もない。

「お前が、何者だか知らんが、お前に篠原は渡さない」

お前はもう死んでいる。

篠原を抱き締めることも、キスすることも、傷付けることも癒すこともできない。

あれはまだ生きていて、お前と過ごしたであろう時間よりも、もっと長い時間これから生きてゆくのだ。

その時にあいつの隣に立つのはお前ではない。

篠原が、俺を好きになれないのなら諦められるかも知れない。…いや、それでも諦めないかも知れないが、まして自分以外のことが原因だというのならば、諦める必要などない。

服部を想って涙を流した篠原を手に入れるためではなく、他愛のない話をし、俺が何者であるかを知っても恐れる様子すら見せなかった篠原を手に入れる。

俺はもう彼の身体を知っている。

彼は既に大切なガラスケースの中のお人形じゃない。

見ているだけで満足できた水族館の魚ではない。

俺はあれを捕食する。

追って、この手の中に収めてみせる。

俺は携帯電話を取り出すと、麻生に連絡を入れた。

『はい、麻生です』

「俺だ。クリスタルホテルの件で動く。すぐに全ての資料を揃えろ」

『問題は片付いたんですか？』

「片付いていようがいまいが関係ない。膠着《こうちゃく》状態じゃ何も進まないからな。攻め気で行くぞ」

『わかりました。既に必要と思われるものは揃えてあります。いつでも出社してください』

電話の向こうの麻生の声は、心なしか期待感に溢《あふ》れていた。

彼も今まで我慢していたということだろう。

「一杯引っ掛けた後だからな、こっちへ持って来い」

『わかりました。すぐに』

ここからが、自分の道だ。

ここからが、俺のやり方なのだ。

もう遠慮も我慢もしない。

今までそうしてきたように、俺は自分の欲しいものを手に入れる。

それが、全てを知った後に出した答えだった。


全ての書類に目を通し、必要なことを頭に入れてから、俺は寺島と、もう一人立ち退き問題を専門にさせている石垣《いしがき》を呼び出した。

石垣は主に荒事をさせる人間で、寺島よりも更に経験が豊富な男で、法律に触れるギリギリのところで立ち回ることを得意としている。

石垣を社長室へ呼んだことにより、麻生も俺がやっと本腰を入れたという顔で見ていた。

「石垣、すぐに裁判所に不動産引き渡し命令申し立て書を申請しろ。強制執行に踏み切る」

「債務名義の確認は終わってるようですし、すぐに申請はできると思いますよ。ですが、命令書が下りるまでには時間がかかると思いますが…」

「わかってる。それでもかまわん。あちらが弁護士を立てるなら、こちらも穴のないように動くだけだ。第一、命令書が下りるまで何もしないとは言っていない」

「腕っ節の強い者を揃えますか？」

「今はまだいい。だが必要になるかも知れないな」

石垣は、それなら得意分野だとばかりににやついた。

「まだ決定じゃない。勝手には動くなよ」

「もちろんです。いつだって社長の命令あってこそ、ですよ」

いかつい身体でぺこりと頭を下げる。

石垣は猛獣ではあるが、躾《しつけ》は行き届いている男だ、主の命令を無視することはないだろう。

「寺島、お前は書類の方を全部まとめておくんだ。それと、執行費用の試算も出しておけ」

「払ってやるんですか？」

「それくらいは出すさ。ただ後で本人達に請求するがな」

「ああ、はい。わかりました」

「石垣、現場に出るからついて来い。麻生、車を出せ」

「はい」

武闘派の石垣を連れ、真っすぐクリスタルホテルへ向かう。

「少し脅してやれ」

と命じると、麻生は入口ギリギリのところへ車を寄せ、急ブレーキで停車した。

ホテルは相変わらず入口がテーブルで封鎖されていたが、その陰にいた見張りらしい男が座っていたパイプ椅子から慌てて跳び退る。

「何だ、まだ出ていってなかったのか」

俺が車を降りると、石垣もすぐに降りて丁寧にバリケードのテーブルを退けた。

ここで蹴り壊さないのが、慣れている証拠だ。

ヘタに物を壊せば後々面倒だとわかっているのだ。

「あ…、あなたは？」

「閃光不動産の社長だ。墨田や若林はいないのか？」

「す…、墨田さんなら」

「呼べ。ついでにお前達の弁護士も呼び出すといい」

今日は遠慮することもなく男を見下ろす。

一瞥《いちべつ》で、男は建物の中に逃げ込んでいった。

「簡単なバリケードですなぁ」

「壊すなよ」

「もちろん。器物損壊なんて言われちゃ困りますからね。ああ、でもホテルの建物自体は連中の物じゃないんですから、ちょっとイタズラ描きでもしときますか？」

「好きにしろ。連中が『ここにいたくない』と合法的に思わせられるんならな」

「はい」

石垣は一旦車へ戻ると、スプレー缶を持ち出し、ホテルの入口のガラスに大きく『閉鎖中』と書いた。

「事実ですから、文句はないでしょう」

こうして書いておけば、中で連中が店をやっていようと、建物に入ろうという気にはなるまい。

しかもホテルの建物は俺の物だから、これは器物損壊にはならない。ガラスならば、後で売る時に落としやすいということまでも考えているのだろう。

呼び出した墨田を待つこともなく、建物の中へ入る。

石垣と麻生は黙ってついて来た。

既に、昨日麻生と連絡を取った段階で、電気・ガス・水道は止めてある。先日訪れた時はまだ、すぐにでも売るつもりだったからそこまではしなかったが、今はただ追い出すことだけを考えているからこの程度は当然だ。

それでも、連中は居座っているわけだ。

「社長…」

フロントカウンターの前に立つと、すぐに墨田がやってきた。

どうやら、この男がリーダーなのだろう。

「やあ、墨田さん。まだいたんですか」

墨田は以前より一層やつれた顔で俺を睨んだ。

「あなた…、電気やガスを止めるなんて…！」

「止めた覚えはねえな」

「そんなこと言って…」

「だが申し込んだ覚えもない。ここの電気・ガス・水道は土田の名義だったんだろう？　俺の知らないことだ。申し込んでいないものは止められない」

もちろん、土田は慌ててここを売り払ったので、電気もガスも水道も止めてはいなかった。そのままにしておいても、請求は契約者である土田に行くので、放っておいただけだ。

それを昨日、それぞれの会社に売買契約が履行された旨連絡し、俺には支払いをする意思も、新規の契約する意思もないと連絡したに過ぎない。

「しかし、我々はまだここで営業をしてるんですよ？」

「持ち主である俺は許可した覚えはない、と前にも言ったよな？　こいつは不法占拠だと」

「し…、しかし我々には占有権があるはずだ」

「それもすぐになくなる」

「何ですって？」

篠原を頼んではいても、墨田自身に法的な知識はないのだろう。

彼は酷く驚いてみせた。

「裁判所に強制執行の手続きを申請したんだよ。書類は全て揃ってるから、問題なく執行許可が下りるだろう」

「だが我々は出ていかないぞ！」

「ご自由に。何せ『強制』だからな、こっちも好きにするだけさ」

「そんなこと…」

「立ち退きの猶予は既に一週間以上与えてある。突然明日出ていけと言ったわけじゃない。荷物をまとめられないのはお前達の失態だ」

「だが…！」

「『だが』でも『でも』でも、好きにほざいてろ。法律はこちらの味方だ。石垣、チェックしてこい」

「はい」

石垣はジロリと墨田を睨み、ホテルの奥へ向かった。

「何をさせる気だ」

「何をさせようとあんた達には関係ないだろう？　何度も言うが、ここは俺の持ち物だ」

「私達をどうする気なんです」

苛立つように彼は詰め寄った。

篠原という弁護士がついたお陰で、俺が立ち退き期間を延長した。そのことが彼に自信を与えたのだろう。この間よりも態度が落ち着いている。

だがもちろん、俺が動かなかったのは弁護士が怖かったわけでも何でもない。

そのことを彼にわからせないと。

「あんた達をどうするか、か。まあ別に何もしねぇよ。出てってくれりゃそれでいい」

「出ていかないと言ったでしょう」

「俺は、三日のうちに出ていかなければ、引っ越しの費用も何も出さない、と言ったよな？　なのにあんた達は居座ってる。こりゃ通告無視ってヤツだ」

語りながら、俺はこの間と同じようにフロントカウンターの前のソファに腰を下ろした。

「麻生、灰皿見つけてこい。俺がちょっとタバコの灰を落っことして火事にでもなったら、この方々が身一つで焼け出されちまう」

その一言で、墨田は顔色を変えた。

「あ…、あなた…！」

「静かにしろ。言っただろう？　そうならないために灰皿を持ってこいと言ってやってるんだ。麻生、行け」

「はい」

麻生も奥へ姿を消し、墨田と最初に外にいた男が俺の前に残される。

ほどなく、麻生が戻って来たが、オマケが一緒だった。

他の住人だ。今度は年配の女も混じっている。

彼等は俺の前に立つ墨田に気づくと、まるで固まっていなければ危害を加えられるとでもいうように、慌てて身を寄せ合った。

「墨田さん、この人が急に…」

「閃光不動産の社長さん達だ」

誰が社長なのかは問わなかった。もっとも、座っているのは俺だけだから、訊かずともわかるのだろうが。

「灰皿です。あのご婦人が貸してくださいました」

麻生はそう言って店名の入った小さな陶器の灰皿をテーブルの上に置いた。

「そいつはどうも」

タバコを取り出して火を点けると、さっきの発言を受けて墨田の目がタバコの火をじっと睨む。

「そう睨まなくても、火事なんか出さねぇよ。延焼で損害賠償になっても面倒だしな。あんた達はどうでもいいが、隣近所には迷惑だ」

「私達に焼け死ねと言うんですか？」

「逃げたらいいだろう。何も死ぬ必要はない。それとも、保険金目当てであんた達がここに火でも点けるか?」

「そんなことするわけがないだろう」

「じゃあ、電気もガスも水道もないのに、ここで何をするつもりだ? 居座って、立ち退き料でもタカろうって魂胆か?」

「我々は、ただここで営業を続けたいだけだ」

「そいつは無理だとわかってるはずだ。お前達のショボイ店は、ホテルの付属物だからこそ営業できてた。そのホテルが無くなれば、客なんて来ないだろう」

「そんなことはない。今だってちゃんと常連の方々は来てくれる」

「その客に何を出してるんだ? 調理用の火はどうやって調達してる? まさか勝手に電気を引き込んだり、プロパンを持ち込んだりしてねぇだろうな? そいつは消防法の違反だぜ」

「…あんた達に言う必要はない」

図星か。

やれやれだな。

「社長」

そこへ石垣が戻って来て、俺の耳元に囁いた。

「スプリンクラーの配備がありました。電気を生かして作動させれば一発ですよ」

それに対して小声で答える。

「問題は？」

以前姿を見せていた押切にしろ寺島にしろ、彼等の前に現れた閃光不動産の社員はここにいる麻生も含めて会社員に見える者ばかりだった。

だがこの石垣は、名前の通り岩石のような体躯に、いかにもの顔だ。彼等も何を話しているのか気になって戦々恐々だろう。

「テストをしてたら誤作動、でいいでしょう。水浸しになれば営業はできませんし、取り壊すつもりならかまわないと思います。ただ、客室の備品は二束三文になるでしょうが、売れると思います。テレビなんかもありましたしね」

「そうか。そいつはすぐにでも手配しろ。客室部分については文句を言わせん」

「はい」

その視線を受けながら、命令を下す。

石垣も心得たもので、わざわざ彼等の前で携帯電話を取り出すと、聞こえるような声で話しながら建物の外へ出て行った。

「ああ、もしもし。トーワさんですか？　お世話になってます。閃光の石垣です。実はちょっとビジネスホテルの物件でお話があるんですがね」

という言葉を彼等の耳に残して。

相手は中古機器等の買い取りをしている故買屋《こばいや》だが、『トーワ』という社名だけでは相手が誰だかわからず、彼等の視線はドアの外に立つ石垣の背に釘付けだった。

面白いものだ。

人というのは、肉食動物と草食動物に分かれている。

俺は彼等を食い荒らす肉食獣だが、彼等は行動を見ても食われる側、草食動物だとわかる。

「先日は」

と俺が声を発すると、彼等は一斉に俺に向き直った。その様もシマウマかガゼルの群れによく似ている。

「弁護士の顔を立てて立ち退き期間を延期してやったが、その義理も果たした」

「義理だなんて」

「もうお前達に猶予を与える理由はない」

「だから、我々には占有権が…」

「関係ない。手配が済めば、俺は俺のやりたいようにする。巻き込まれるのが嫌なら、さっさと出ていくんだな」

「出ていくものか！　私達にはここしかないんだ。ここを追い出されたら生きていくことすらできない」

「知ったことか」

俺は嗤《わら》った。

「死にそうなんですと言えば、誰もが助けてくれると思ってるのか？　お前達は怠惰だった。自分の置かれている状況を調べようともしなかった。ただ毎日を安穏と過ごし、自ら動いて何かをしようともしなかった。これはその結果だ。今、ギャアギャア喚くなら、どうして土田と話し合わなかった？　奴が姿を消したなら、どうして探さなかった？」

「土田の会社には行った。…だが、もぬけのカラだったんだ」

「それで？」

「それでって…」

「その後に何をした？　お前達が努力したなら、その結果を俺に訴えれば少しは心が動くかも知れないぞ？　どうした、報告出来るようなことが何もないのか？」

一同は互いに顔を見合わせた。

「どうした？」

「べ…、弁護士に相談を…」

「わざわざ引き受けてくれそうなところを探してお願いしたのか？」

「いや…、渡辺《わたなべ》さんが紹介してくれて…」

「渡辺？」

「地下のカラオケ店の店長さんです。以前、騒音問題で世話になった事務所に頼んだら、引き受けていただけて…」

なるほど、篠原が前任者からこの仕事を引き継いだ、という言葉に違和感があったのだが、これで納得した。

その時の担当者が服部だったのだろう。そして再び彼を求めてきたこの連中に、そいつの代わりに自分が引き受けると言ったわけだ。

カラオケ屋の主人にはまだ顔を合わせていないが、俺を見たらきっと驚くことだろう。

「じゃあ努力はしてねぇな。電話一本で済んだことだから」

「今も営業を続ける努力もしてます」

「そんなの、今までしてたことと変わらねぇだろう」

「こうしてあなたと話し合いを…」

その一言を聞いて、俺はテーブルを蹴った。

響く音に、一同がビクッと身を硬くする。

「俺と話し合い？　そりゃ俺がここへ来てやったからだろう。麻生」

「はい」

「こいつ等の一人でも会社に来て俺への面会を申し込んだか？」

俺の問いかけに、麻生は首を横に振った。

「いいえ」

「追い出して欲しくない、自分達の生活を守って欲しいと言いながら、お前達がしてることはただ座して待つことだけだ。本当にここで店を続けたい、俺にそれを頼みたいと思うなら、どうして会社に乗り込んで来なかった？　場所がわからなかったか？　大きな会社が怖かったか？　所詮その程度の戸惑いで努力を止める程度のことだ。さっさと諦めるんだな」

「諦められるか！」

「そうよ、私達は何にもしてないのに、突然こんなことになって…」

「あんた達が勝手に乗り込んで来て、我々の生活を脅かしてるんだ！」

その言い草に思わず笑いが零れた。

「何もしてないのに突然？　何もしてないからこうなったんだろう。俺が勝手に乗り込んだ？　俺はお前等に払えない大金を払ってここを買ったんだ、正式にな。善人であれば全てが許されると思うのはバカだ。てめぇの欲しいものはてめぇで掴む努力をしろ」

俺が彼等を睨みつけていると、石垣が電話を終えて戻ってきた。

「社長、トーワと話が付きました。今からすぐに来てくれるそうです」

それを聞いて墨田は怯えた顔を見せた。

「何をする気だ…？」

「ここにある物を売っ払うんだよ」

答えたのは石垣だ。

「私達の物を勝手に売るというなら…」

「このホテル全部がお前さん達のもんじゃないだろう？　ホテルの備品やなんかはウチの持ち物だ。どうしようと勝手だ。ああ、もちろん、あんた達の私物には手は出さないようによーく言っといてやるから、安心しな。だが、今社長が座っておられるソファも、そこのテーブルも、客室のベッドも冷蔵庫もテレビも、全部売る。ここは何にもない空っぽの廃墟になるだろう。そん中で『店やってます』と言っても入って来てくれる客がいるかねぇ？」

石垣はにやにやと笑った。

「そうそう、まだ争うんなら、一つ言っておかなきゃな。このロビーにはあんた達との賃貸契約はされてないはずだ。勝手に使ってもらっちゃ困る。あんた達の大切なお客様によく言っておきな。『どうぞうちの店にお越しの際には、他人の土地に勝手に入り込むようなことはせずにいらしてください』ってな」

「そんなの無理だ！」

「無理だろうと、何だろうと、それが道理ってもんだろう。だから俺達もあんた達の店の中には入らずにいてやるよ。これでフィフティだろ？」

石垣の言葉に、彼等が唇を噛み締める。

反論はできまい。

お前達には理念も根性も知識すらない。ただ受け入れ難い現状を『嫌だ、嫌だ』と喚くだけなのだから。

「さあ、早くしないと買い取り業者が来るぜ。それとも、諦めて役にも立たない店の備品を一緒に買い取ってもらうように交渉するか？　それなら荷物の運び出しの費用もかからなくて丁度いいだろう。何だったら、仲介してやってもいいぞ」

追い詰められた感が漂う。

こうして攻めて、一団の中に『もうそうした方がいいかも』という人間が一人でも現れれば、崩すのは簡単だ。

「墨田さん！」

だが、連中が音を上げる前に、フロアに篠原の声が響いた。

「遅くなりました」

駆け込んで来た篠原は、俺を見て、すっと目を逸らし墨田達に向き直った。

ダメだな。

俺を正面から見据えられないんじゃ、弁護士として戦うことなどできまい。

「社長、あれは？」

「連中の弁護士だ」

「随分若いんですね」

助けが来た、と思った連中は、また口々に状況を彼に訴えた。

電気を止められただの、買い取りの業者を呼ばれただの、『私はこんなに酷い目にあってます』

と被害者面をして。

まあそれもいいだろう。

俺がいかに酷い男であるか、お前は知っておくべきだ。

誰とも似ていない。今までお前の側にはいなかった男だと、身に染みるべきだ。

「か…い江田さん」

彼は訴える者達をなだめて、こちらに向き直った。

すぐ傍らで石垣が「随分頼りなさそうな若造ですね」と呆れたように囁く。

そう見えるだろう？

俺も、多分初めて会ったのがここだったら、そう思っただろう。顔は好みだが、ひ弱そうな兄ちゃんだ、と。

人と人との出会いとは不思議なものだ。

ほんのちょっとのシチュエーションとタイミングで、印象も感情も変わってしまう。

あの時、あのタイミングで、あの篠原に会ったから、俺は彼に惚れたのだ。そう思うと、服部という男にそこだけ感謝してもいいかも知れない。

「どうも、篠原先生」

俺はいつもの自分の顔で微笑った。

彼と密会していた時の、礼儀正しい笑顔ではない。不動産会社の社長の顔でもない。ヤクザの組長の、人を舐めたような笑みだ。

「住民に強制退去を命じたんですか？」

「いいや」

「しかし彼等は…」

「不法占有者にも優しくしてるさ。彼等には占有権がある、と言いたいんだろう？」

「その通りです」

話を始めると、彼に弁護士らしさが表れてくる。

目も、しっかりと俺を見ていた。

「だから、まだそれは侵していない。だが、ホテルの建物は俺のものだ。売買契約も終わってる。そうだな、先生？」

「…それは確かに」

仕事ならば、そうやって見つめることができるわけだ。

「だから、問題のない部分を売ることに決めたのさ。彼等の持ち物には手を付けないと約束してやったところだ」

「ですが、彼等はまだここで営業活動を行ってるんですよ？　そんなことをされたら営業妨害になります」

「営業を許してるだけでも感謝されてしかるべきだ」

「電気等を止めたのはどういうことです」

「知らねぇなぁ。元々俺は電気も、ガスも、水道も契約した覚えがないんだから。多分向こうの方で、支払いが滞ったから止めたんだろう」

「水道はライフラインの要として、そんなにすぐには止まりません」

その通りだ。

人は水があれば生きていけるというお国の政策で、水道は料金が未払いでもいきなり止められることはない。

「疑問に思うんなら、水道会社に訊けよ。俺に訊くのはお門違いだぜ」

だが水道会社に連絡を取っても、同じ担当者が電話を取らない限り、事務的に『契約者不在のため停止しました』と言われるだけだろう。

ましてここは住宅ではないのだから。

「わかりました。では訊いてみることにしましょう。あの入口のガラスのイタズラ書きですが、すぐに消してください」

「何故?」

「何故って…」

「このホテルは既に廃墟だ。安全策として一般人の立ち入りを禁止するのは、建物の所有者として当然だろう?」

「あれでは嫌がらせです」

「どうして？　俺の持ち物にどういう表示をしようと、他人には関係ない。危険であることがわかればいいだけだ」

「ですが、中にはまだ墨田さん達が…」

「だから、彼等の店には手は出していない」

「海江田さん」

篠原は業を煮やしたように声を荒げた。

石垣が思わず前へ出ようとしたのを手で止める。

「先生。間違えてもらっちゃ困る。彼等が彼等の利益や権利を守りたいと思うのと同じく、俺には俺の利益や権利を守りたいと思う気持ちがある。猶予はあくまで俺の親切心だ。それ以上を望むというなら、新たな話し合いが必要だ」

「話し合いって…」

「自分達は何もできない、何もしないで、こっちにだけ居座らせろ、敷金を返せというのは傲慢だと思わないか？」

「それは…」

「お互い、何ができて何ができないか、ちゃんと席を設けて話し合おうじゃないか」

「海江田さん…」

彼は表情を曇らせた。

「石垣、お前は残ってトーワの連中に立ち会え。麻生、車を運転しろ」

だが俺がそう言うと、第三者が同席すると知って、ほっとした表情を浮かべた。

可愛いもんだ。

まだ俺を信用しているのか。それとも、信用していた服部と俺を重ねているのか。

「すぐに売りますか?」

「今日は算定だけでいい。お前なら、一人で大丈夫だな?」

「俺を子供扱いですか? こちらの皆さんがきっと優しくしてくださるでしょうから、心配無用。大丈夫ですよ」

「では任せる。さあ、先生、行きましょう」

「どちらへ…」

「ちゃんとした話し合いができる場所ですよ。それとも、話し合いはなしにしますか?」

「いえ、参ります」

「結構」

麻生に目で合図を送ると、彼は先に出て車に走った。

墨田達は篠原のことを心配そうに寄り集まったが、だからといって自分も同席したいと言い出す者はいなかった。

こういう度胸もない人間が相手だと、良心の呵責《かしゃく》もなくてありがたい。

俺はゆっくりと立ち上がり、篠原に誘いの言葉もかけずに車へ向かった。彼がついて来ることを疑ってもいなかったので。

ああ、こういうところは、篠原の度胸を信じているのだな、と思うと少しおかしかった。

恋愛事にはあれほど臆病な男が、俺がヤクザと知っても臆せず付いて来るか、と。

そのアンバランスさがいい、と喜んでる自分に。


麻生という運転手がいるから、俺も篠原も車中では口を開かなかった。

「どちらへ向かいますか？　社へ？」

「いや、ロワイヤルホテルへやってくれ」

「かしこまりました」

俺と麻生のその会話だけだった。

ロワイヤルホテルは、俺が篠原と逢瀬を重ねていた場所だ。

彼もそれに意味があるのかと、一瞬身を硬くしたのがわかったが、何も言わないのでそのままにしておいた。

お前が動かなければ俺は答えない。

親切にしてやれる時間はもう終わったのだ。

ホテルへ着くと、麻生は俺達を降ろし、駐車場へ車を入れに行った。

だがその時も、ドアマンや他の客がいるから、ただ二人肩を並べて立っているだけで、会話などありはしない。

麻生が遅ればせでやって来ると、俺は彼を横へ引っ張っていき、こっそりと囁いた。

「ツインのスイートを取ってこい」

麻生は少し怪訝《けげん》そうな顔をした。

「暴力沙汰は歓迎できませんよ。ましてや、こんな高級ホテル」

「安心しろ。ちゃんと話し合いのためだ」

「…それならいいですが」

「部屋を取ったら、お前はエレベーターから降りるな」

「フロアまではついて来い、というわけですか？　本当に何をなさるおつもりです」

「いいから、四の五の言ってないで言われたことをやってこい」

「…はい」

麻生は不承不承フロントへ向かうと、部屋を取りに行った。

「何を頼んだんです…？」

ここでやっと篠原が口を開く。

「部屋を取りにやらせた」

「部屋ですか？」

「ああ。込み入った話になるだろうからな」

「でも…」

「文句があるなら帰ってもいいんだぜ？　明日にはやつ等を追い出す」

「…またそんなことばかり。あなたは私を脅すことしかしない」

「そうしなければお前が言うことを聞かないからな。普通に誘ってついて来るなら脅しやしないさ。全てが相手のせいだと思うなよ。お前が原因ってこともあるんだぜ」

「そんなことはわかってます」

部屋を取って戻った麻生が先に立ち、エレベーターに乗り込む。

中でキーを渡し、微かな目配せを送る。

「何事も、実行は俺のゴーサインが出るまでするな。していいのは準備だけだ。石垣にもよく言っておけ」

「あの男は勝手には動きません」

「だろうな。だから信用してる、お前のことも」

俺はカードキーを手の上でくるりと回転させた。

「一八一一号室です」

エレベーターは十八階で停まり、開いた扉に向けて先に出ろと篠原に顎で示す。

何の疑いもなく、彼は先に降り、続いて俺が降りる。

その背中で、エレベーターのドアはスッと閉まった。

「あ」

気づいた篠原の小さな声が上がる。

「どうしてあの人は一緒に降りなかったんです」

閉まった扉に向かって伸ばされた腕を取り、俺は彼をそこから引き剥《は》がした。

「必要ないからだ」

「ちゃんとした席を設けるんじゃなかったんですか」

彼は困惑し、焦ったように俺から離れた。だが腕は放さない。

「社長と弁護士がいればそれでいいだろう」

「あなたと二人きりは困ります」

「困る、か。じゃあ帰るか?」

「そうしたら彼等に何かする、と言うんでしょう?」

「そうだ。だが脅しじゃなく事実だ。そこを間違えるな。来い」

彼の返事を聞くこともなく、俺はそのまま与えられた部屋へ向かった。

「海江田さん、放してください。…逃げたりしませんから」

「いいだろう。その言葉を信じよう」

手を放し、やはり彼がついて来ることを疑わず前を行く。

カードキーでカギを開けると、扉を大きく開いて彼に入るように促した。

篠原は一瞬俺を見たが、そのまま奥へ進んだ。

部屋は広く、短い廊下を進むと、眼下を臨む大きな窓を背に濃いブラウンのレザーソファが置かれていた。

前にソファで押し倒されたからか、彼はすぐには座らず、その隣に立っていた。

「どうした？　座れよ。立ったままじゃ話もできねえぞ。それとも、俺が怖いか？」

「別に…」

言われて、彼はソファの一番隅へ腰を下ろした。

俺は敢えて距離を置いて座ってやり、灰皿を引き寄せる。

「さて、もう特に話す事もないが、何か言いたいことはあるか？」

「あなたは…、あのホテルをどうなさるつもりですか？」

「転売する。だから、あそこに残って店をやる、なんてのはあいつ等の勝手な夢だな」

「敷金の返金は…」

「あり得ないな。俺は払わん。裁判所には強制執行の申請を出した。長引くのは歓迎しないが、文句は言わせない」

「ですが、彼等の賃貸更新契約はあなたがホテルを購入する前です。あなたがホテルを買った代金にはそれが含まれているはずです」

「知らんな」

「知らなくても、法律で保証されています」

「じゃあ、裁判するか？　俺は別にいいぞ。売り先に強制執行の命令書ごと渡してやる。強制執行を行うのが、俺か、次の持ち主かってことになるだけだ。それに、もし裁判になりゃ長くかかるだろう。その間連中は収入もなく、終わればお前に支払う弁護代が増えるだけだ」

「あなただってマイナスは被るでしょう。その損益分を、彼等に分配してくれればいいんです」

「嫌だ」

「どうしてです」

「俺にメリットがない」

「海江田さん」

「お前が俺のものになるなら、考えてやってもいいがな」

彼の顔がそれとわかるほど歪む。

「それとも、また取引するか？　一度セックスすれば一週間延ばしてやるぞ」

「そんなこと、言わないで下さい」

「俺は服部政義じゃない。そういう取引のできる男だ」

その名前に、彼は顔を強ばらせた。

血の気が引く、というのはこういうことだろうというほど、顔が白くなる。

「どうした？　何を怖い顔をしてる。お前が俺に願えばいい。どうか私のために、全てを諦めてください、と」

「そんなこと…できません！」

「そんなに俺のものになるのが嫌か？　死んだ男と似てるというだけで一度は親しく付き合ってた相手なのに」

彼は何も言わず俯《うつむ》いた。

だが攻撃の手を緩めるつもりはなかった。

「服部、というのがお前の恋人だったんだろう？　だから、俺がお前を好きだと言った時、さほど驚かなかったんだろう？　男とデキるのは初めてじゃなかったから」

「そんな言い方、止めてください」

「綺麗事を言っても仕方ない。今は二人きりなんだ、正直に言えよ。俺とのセックスであの男を思い出したか？」

「海江田さん…！」

俺はゆっくりとタバコを取り出して咥えた。

吐き出した煙が、空調のせいか斜めに立ち上ってゆく。

「服部さんとは…、そういう関係ではありませんでした」

「嘘はつかなくていい」

「本当です。私が…、一方的に好意を寄せていただけです。学生の頃から憧れて…」

「だから俺と付き合ったわけだ。死んだ恋人に似てるから」

違う、とは言わなかった。

「私は…、ここに仕事の話をしに来たんです」

膝の上で握った彼の拳が微かに震える。

「だから仕事の話をしてるだろう。お前が俺にできることは何もない。身体を使って俺の情けを求めるか、真剣に向き直って恋愛するか、だ」

「あなたと恋愛はしないと言ったはずです」

「服部とそっくりだから、だろう。俺はお前の先輩じゃないぜ」

「だからその話は…」

「俺はお前のためなら全てを投げ出してやってもいい」

だがそれはお前の望みではないだろうし、俺もそうするつもりはない、と続けるつもりだった。

けれど彼は俺がそれを口にする前に立ち上がった。

「…だから！　そういうことを言わないでください！　…私は何も欲しくない。いつも、誰にも、何かを求めたりはしない！」

「篠原…？」

豹変《ひょうへん》した彼の態度に、思わず驚いてしまう。

「あなたの言う通りです。私は男性を好きになる人間だ。服部さんに恋愛感情を抱きました。でも…でも…、本当に服部さんとは何の関係もなかったんです。私は彼を好きになったけれど、彼は同性愛者にはなれなかった。でもそれでもよかった。ただ好きと伝えればそれだけで満足だった、その後にも先輩後輩として接してくれただけで幸福だった。なのに…」

激高したまま、ぽろぽろと涙を零す。

直立し、両手を突っ張らせて声を張り上げる。

「なのに、自分が病気で長くないと知ると突然私を呼び出して、最期《さいご》の時まで恋人のように優しくしてくれた。仕事だって、自分の席を譲ってくれた」

その姿はまるで子供のようだった。

「私のことなど好きでもないくせに。優しさだけで全てを差し出したんです。何もかもを与えてくれた。でも差し出された方がどう思うかなんて、あなた達は考えてないでしょう」

彼はいつも、俺の前で涙を隠そうとはしない。

そして俺はいつも、その姿に惹かれる。

「何も返してあげられないのに、貰うばかりで…。遺《のこ》された者がその重みに負けるなんて考えてくれてない」

「篠原」

「私はあなたと仕事をしてるんです。あなたに何かを恵んでもらいたいわけじゃない。あなたが私のために一方的に全てを投げ出したら、あなたはどうなるんです。たとえ絶対的な上下関係がある世界だったとしても、それが許されるわけがない。会社だって損害を被る。私にその責務を負えと言うんですか。私にはそんな重たいものは背負えない！」

「死んだ男から貰ったものが重荷か？」

「私は幸せになりたいんじゃない。幸せにしてあげたいんです。二人で幸福になりたいんです。誰だって同じでしょう？　一方的に与えてそれで満足することは恋愛じゃない」

篠原は顔を上げて俺を見た。

真っ赤な目が、『俺』を見ている。

「贈り物をして喜ぶあなたは満足でしょう。美味しいものを食べさせて、それで幸福を与えたつもりでしょう。でもそんなものは私の喜びじゃない」

今彼が語っているのは、服部のことではなく、俺のことだ。

「あなたがホテルの権利を放棄しても、私は喜んだりしない」

今、彼は俺と向き合っている。

そのことに歓喜した。

たとえそのせいで涙を流しても。

いや、それが俺のための涙なら、もっと流せと命じたいくらいだ。

「私はあなたと仕事をしてるんです。何かをねだってるわけじゃない。どうして、私のことを見てくれないんです。私がどう思うかを、本当に考えようとしてくれないんです…」

「考えてるさ」

「違う。それは海江田さんの自己満足に過ぎない。あなたは服部さんとは違うと思っていたのに、やはり同じように自分のことしか考えてくれない。与えればそれでいいと思ってるだけです！」

「俺が服部と違う、と思ってるのか」

「一緒です。同じことを…」

「そういう意味じゃない。俺が服部と別人だとわかってるのか、と訊いたんだ」

「そんなの…、当然じゃないですか」

「顔はそっくりだろう。それでお前は初めて俺を見た時に泣いたんじゃないのか？」

「それは…、そうです。あの時は…、服部さんが立っているのかと…。でも、話せば別人だということぐらいわかります」

「じゃあ、俺を好きにならないと言うのは、服部の偽物だからというわけじゃないのか？」

「違います。あなたが…、あの人と同じことを言い出したから…。私は海江田さんから全てを与えられるのが怖いんです。あなたも…、与え尽くした後にいなくなってしまうような気がして…。だから私はあなたのことを好きにはならない。あなたと恋なんてしない」

無欲な人間だ、とは思っていた。

だが彼の望みは『与えられないこと』なのか。

彼の言うことはよくわかった。

死んでしまうから、自分が誰かに何かをしてやりたいと願うのは自由だ。それをした服部という男はさぞ満足して逝《い》っただろう。

自分は誰かのために尽くした、人の役に立った、心に残ると。

だがその全てを渡された篠原にとって、それは重荷だったのだ。愛されていたわけでもないのに、仕事も、残された時間も与えられ、断ることもできず全て受け止めるしかなかった。

欲のある人間なら、喜んだだろうが、彼にはいらないものだった。

篠原が欲しかったのは、仕事でも優しい態度でもない、愛情そのものだったのだろうから。

だから、彼は俺が贈り物をするのを拒み、何でもしてやると言う度に顔を歪ませていたのだ。

「俺はお前が好きだ」

「海江田さん」

「お前が何を言おうと、俺の気持ちは変わらない」

タバコを消し、俺も立ち上がる。

篠原は僅かに身体を引いたが、逃げ出すことはしなかった。

「俺の気持ちは俺のものだ。お前の気持ちとは別だ」

腕を取ったせいか、今のセリフのせいか、彼の顔が曇る。

「だが、俺の気持ちの中にはお前を幸福にしたいという気持ちもある。欲望を満足するだけなら、俺の気持ち一つでいいが、恋愛をするなら、お前の気持ちも大切だからな」

「手を放してください」

「嫌だ」

「海江田さん」

「お前を抱きたいと思うのは俺の気持ちだ。逃げたいのが篠原の本音なら、逃げればいい」

取った腕を引っ張り、奥のベッドルームへ連れ込む。

「海江田さん…！」

「戦えよ。俺は死んだりはしない。諦めもしない。優しくしてやりたいから優しくするんじゃない、惚れてるから優しくしてやりたいだけだ」

抵抗はあったが、彼をベッドルームに連れ込むことは容易かった。

「だがそれがお前の望みじゃないなら、拒め」

「止めてください」

「言葉じゃきかねぇな。俺を止めるなら全力で来い。でなければ俺はお前を抱く。力ずくでも」

ベッドの上へ投げ出しても、彼はただ俺を見つめるだけで逃げようとはしなかった。

「俺は欲しいものは全て手に入れる。お前も、ホテルも。お前は何が欲しい？　ホテルの住人達の安心か？　俺の心か？　だったら自分で奪い取れ。優しくされるだけが恋愛じゃないと、その身で知るがいい」

「やめ…！」

躊躇なく、俺は篠原に覆いかぶさった。

言葉など使わなくても全てが伝わればいいと思うことはあるだろう。

だがお前には言葉も、態度も必要なんだろう？

全てを押し付けて消えた男のせいで。

「お前が望まないなら、俺は何も与えない。何一つ、だ。欲しかったら取りに来い。今こうしてお前を抱く俺には、お前への愛情はない。あるのは欲望だけだ」

暴れる彼を押さえ付け、ネクタイを解く。

「…や！」

スーツのボタンを外し、シャツに手を掛ける。だが今日は引き裂くようなことはしなかった。

「ホテルも、明日実力行使に出る。お前がいつまでも俺に『何とか考えてください』と言うだけなら、その目の前で店の備品も、本人達も叩き出す。幸いウチには荒っぽい人間が多いからな」

「そんなことをしたら警察に…」

「俺はかまわん。俺は自分の欲しいものを手に入れることに恐れはない。お前はどうだ？　いつまで逃げ回る?」

「逃げるなんて…」

「俺をどう思うか、俺を見て答えを出せ。俺の知らない男を思い出して勝手な想像をされるのは不愉快だ」

赤く痕《あと》が残るほど強く手首を押さえ付け唇を奪う。

「…ん」

さっき涙を流したせいか、彼の唇はしょっぱかった。

けれどそんなものもすぐに感じなくなるくらい、深く舌を滑り込ませ、中を探る。

開いたスーツの中に手を差し込み、胸を探る。

薄い布を通して熱い身体を感じると、なりゆきでも親切心でもなく、彼が欲しいという欲が頭をもたげ、その欲に支配された。

綺麗事は俺には似合わない。

この姿が、俺の真実だ。それをお前も知ればいい。

「何も考えずに抱かれれば、立ち退きを一週間延ばしてやる」

「…私は、自分の身体を取引に使ったりしない…っ!」

「だったら、お前の思う通りに動け」

優しくしてやりたい気持ちはあった。

彼の喜ぶ顔も見たかった。

だがそれではお前は手に入らないのだ。

「止めてください…！　気持ちもない行為なんて…」

けれどこれが、自分に相応しい行為なのかも知れない。

「願うだけで何もかも与えられると思うなよ。一人目がそうだったから二人目もそうしてくれると
は単純な考えだ」

首筋に唇を這わせる。

「…海江田さん」

手を股間に伸ばして、ソコに触れる。

「これをポーズと思うな。俺がそんなに行儀のいい男じゃないとわかってるはずだ」

軽く握り、刺激を与える。

それが彼の中の強姦の記憶を呼び覚ましたのか、篠原は俺を突き飛ばした。

「いやだ！」

ここまで来てそれほど強い抵抗があるとは思っていなかったので、思わずバランスを崩してベッ
ドから落ちる。

みっともなく仰向けに倒れることは防いだが、それでも手をついて床に落ちた。

「心の…、ないことはもうしない」

「俺はお前を愛してる」

「私の気持ちなんかどうでもいいと言ったじゃないですか」

「お前が向き合わないからだ。俺を見て、俺にぶつかってこないのに、こちらだけにちゃんと向き合ってくれと言うのは贅沢だろう」

「私は…」

俺が立ち上がるより先に、彼は前を掻き合わせ、ベッドから飛び下りた。

「俺を見ろ」

泣きそうに歪んだ彼の顔に、ゆっくりと手を伸ばす。

「俺にどうしたいか、俺とどうしたいかを考えて答えを出せ。お前が俺に立ち向かわなければ、俺は自分の欲を満たすだけだ。だが…、お前が俺に向き合うなら、俺も答えをくれてやる」

「あなたの答え…」

「ベッドへ戻れ。続きをさせろ」

「…嫌です」

篠原は指がその頬に触れる前に、さっと身体を引いた。

「篠原！」

「どんな大声を出しても、こんなのは嫌です！」

そう言うと、彼は身体を翻してベッドルームから逃げ出した。

「篠原！　逃げるなら明日は実力行使だぞ！」

だが彼は、後ろも見ずにそのままリビングを抜け、部屋から飛び出して行った。

「篠原！」

名は呼んだ。

けれど後は追わなかった。

リビングまで歩を進めると、新しいタバコに火を点け、ソファに腰を下ろしただけだった。

「これが答えか…？　それともこの先があるか？」

逃げてもいい。

俺は追う。

もう優しくお前を逃がしてなんかやらない。

俺が知りたいのはお前の本音だ。そしてそれが俺からの逃避であるのなら、捕まえて何度でも引き据えてやる。

優しい恋愛モドキには、さっさと決別して、俺の与えるものを見ろ。

俺は携帯電話を取り出すと、麻生に電話を入れた。

「麻生か、俺だ。交渉は決裂した。明日実力行使に移る」

『追い出しですか？』

「まだ脅しの段階だが、十人ほど揃えておけ」

『大きなトラブルになるようでしたら、こちらも弁護士を…』

「それはまだいい。だが明日はまた俺も現場に行く」

『わかりました。何時までに…？』

「そうだな…、午前十時としておこう」

『はい、ではそれまでに』

短い電話を切ると、俺はすぐに篠原へのメールを打った。

これは脅しではない。俺は本気だと知らしめるために。

『明日十時に実行する』

とだけ…。


篠原が望むものが何であるのか、俺にはまだはっきりとはわからなかった。

だが押し付けられる優しさに辟易していることはよくわかっていた。

彼のために、行儀よく、優しい男でい続けたが、それが意味をなさないのはわかった。

だったら、俺を縛るものは何もない。

ホテルへは泊まらず、マンションへ戻り、たっぷりと休みを取った俺は、翌日スーツに身を固めて会社へ向かった。

会社では、命じた通り、麻生が荒事専門の人間をきっちり十人揃えて待っていた。

「俺が言うまで手は出すな。まあ、今日のところは脅しだ。それを踏まえて後ろに控えてろ」

どっから見てもヤクザ剥き出しの連中は、低い声で『へい』と返事の声を揃えた。

それでは、と出て行こうとした時、麻生が一枚の紙を差し出した。

「これは朗報だと思います」

と少し誇らしげに。

その書面に目を落とした俺は、彼の期待通りその知らせを喜び、褒めてやった。

「いい落としどころだ。誰か行かせたか？」

「寺島と押切に、責任を取らせました」

「そいつはいい。あいつ等も、少しは溜飲が下がるだろう」

俺はその紙をスーツのポケットにしまい、部下達を三台の車に分乗させ、自分は一人黒塗りの車に乗り込んだ。

今日は麻生に運転させることはなく、自らハンドルを握る。

都合四台の車を連ねて向かうのは、もちろんクリスタルホテルだ。

裏通りを抜け、直接ホテルの前へ乗り付ける。

ホテルの前には、昨日までなかったしっかりとしたバリケードが築かれ、そこには住人達の姿があった。

　一人や二人ではない。

　恐らく、これがここの店舗の人間の全てであろうという数だった。

　そしてバリケードの前には、篠原の姿があった。

「おはよう、篠原先生」

　俺は車を降りると、一同の前に立ち、篠原に向けて声をかけた。

「おはようございます、海江田さん」

　彼の声はしっかりとしていた。

　目にも迷いがない。

　終に、お前は俺の前に立つ覚悟を決めたか？

「そこをどいてくれ。俺達の邪魔をするな」

「いいえ、どきません」

「退け」

「退きません。彼等にはまだここに居る権利があります。あなた達はまだ強制執行の命令書を携帯していないはずです」

「命令書は後でついて来る。理はこちらにある」

　篠原は、一歩も引かなかった。

「何度も申しましたが、彼等には契約による占有権があります。あなたは営業している彼等に立ち退き交渉をせずにここを購入しました。だが彼等の契約はそれ以前に更新をしています。つまり、彼等の賃貸契約はあなたの売買契約に先行します」

俺の後ろには、ズラリといかにもヤクザ面の男達が控えているのに。その威圧感は、篠原の背後にいる店主達の表情を見てもわかるのに、彼は顔色一つ変えていない。

「はっきり申し上げます。土田氏との売買契約の際に、彼等の存在と契約状況を確認しなかったあなたのミスです」

「こいつは一本取られたな。確かに、それはこちらのミスだろう。だが、ここで営業ができるなんてのは夢の話だというのは、後ろにいる連中もわかってるんじゃないのか？」

「私も、それを主張しているわけではありません」

「ほう、では『何がお前の望みだ』口にして言ってみろ」

「彼等に、敷金の返還を要求します。抵当権設定登記以前の更新ならば当然です」

「ここは抵当に入ってたわけじゃない」

「では、売買契約には敷金の返還義務を考慮してしかるべき、と申しましょう。賠償金を含めた買値を設定してしかるべきだったのに、それをしなかったのはあなたの都合であり、我々には関係ありません」

「賠償金ねぇ。それから？」

「彼等の引っ越し費用、それと代替地を要求します」

「代わりの店を差し出せってか？」

「もちろん、それについては新たな賃貸契約を結び、代金は払います。金銭要求としては、敷金返還、営業権妨害の賠償金、引っ越し費用のみです」

「その賠償金ってのは受けられねぇな。そいつ等にも非はある。自分の店なのに、俺に叩き出されるまで何も知ろうとしなかった。そんな連中に賠償をどうこう言う権利はない」

「しかし…」

「俺には、な」

俺は朝、会社で麻生から受け取った一枚の紙をポケットから取り出した。

「お前達が金を毟り取るべき相手は別にいるだろう？　そいつから毟ってやれ」

一歩踏み出し、その紙を篠原に差し出す。

「…これは？」

「土田の居場所だ」

「…え？」

「うちの優秀な社員が見つけた。そいつにはうちから何億も渡してある。他にも、手持ちの財産を処分した金や、隠し財産も持ってるだろう。取り手があるぜ」

篠原が紙を受け取り、それを開く。

これは本当か、と疑う眼差しに、頷いてやった。

「敷金返還と引っ越し代金は、こちらの要求する期間内に退去すると約束するなら出してやってもいい。代わりの店が欲しいというなら、うちで世話することも考えよう。ただし、規定の代金は貰う。敷金も礼金も取る」

「それは当然です。ですが支払い方法は一括ではなく、分割にしていただきたい」

「それはダメだ。ウチはそういうことはやらねぇ。特別扱いしてやれるような連中じゃないしな」

「それなら、私が土田氏からあなたの損害賠償分を請求する、というのでどうでしょう」

「ウチにはウチの弁護士がいる」

「ではそちらの弁護士と共同して。一括訴訟の方が早いと思いますから」

そこにいる全員が、結果を待っていた。

背後にいる部下達は、動きの指示を。正面にいるホテルの店の店主達は自分達の今後の人生の結果を。

そして篠原も、俺の言葉を待っていた。

「…まあ、及第点だな」

俺は振り向かず秘書を呼んだ。

「麻生」

「はい」

呼ばれて、麻生がすぐに傍らへ歩み寄る。

「聞いた通りだ。明後日に久保田弁護士と篠原の面会をセッティングしてやれ。他のことも、言われた通りに手配だ。代替の店は、連中に返却されるべき敷金で押さえられる程度のところを探してやれ」

「はい」

「店が開ければ文句はないんだろう？　だったら調子に乗って文句はつけるなよ」

安堵と歓喜の広がる住人達に、一言クギを刺す。

「荷物は倉庫を別に用意して、すぐに中身を移送させろ。店の家具の処分と合わせて二日以内に行え。全て終わったら、即時売却だ」

「はい」

心配そうにこちらを見ている篠原の目を見ながら、更にもう一つ質問を付け加える。

「うちに損はあるか？」

「いいえ。可能性があっても出しません」

それから、俺は篠原ににやりと笑った。

「文句は？」

「文句なんて…」

「では、返金について話し合おうか、先生」

「麻生、石垣。後を任せて大丈夫だな？」

「社長、これ以上は別に…」

慌てたように囁く麻生に、俺はやっと真実を教えてやった。

「これがティーラウンジの相手だ。察しろ」

「え…？　あ、ええ…っ？」

驚きの声を上げる麻生を無視し、俺は篠原に手を差し出した。

「来い、篠原」

彼は暫く逡巡していたが、覚悟を決めたようにその手を取った。

「行きます。ちゃんと話し合いをしましょう」

と、強く握り返して。


思えば、初めて会った時、彼には服部の影が纏わりついていた。

その後、二人の間にはずっと仕事が横たわっていた。

だが、やっと、その邪魔者を消す時が来たのだ。

俺は彼につき纏っていた男の存在を知った、仕事は片付いた。ここから話し合うべきは、もう他のことじゃない、俺と篠原の二人だけの問題だ。

最初からそのつもりで自ら運転してきた車に彼を乗せると、俺は真っすぐ自分のマンションに彼を連れ帰った。

「話し合うのは仕事の話じゃない。わかってるな？」

車内でそれだけ訊くと、彼は小さく「わかってます」と答えた。

だがその表情は硬く、心の内を窺うことは出来なかった。

けれど無理強いすることもなく、駐車場に停めた車から部屋まで、彼は黙って付いて来た。

彼にとって、凶行の現場でもある俺の部屋へ足を踏み入れることに戸惑いがあるだろうと思っていたのだが、それについても何も言わなかった。

「何か飲むか？」

「いいえ」

「では、座れ」

「…はい」

押し倒されたソファに、遠慮がちに彼が座る。

今日は警戒されることを恐れる必要はなかったので、間を詰めて俺も隣に座る。

篠原は怯えることなく、隣に座った俺へ向き直るように膝頭をこちらに向けた。

「全て片付いたぞ」

「まだです。土田のことが…」

「あいつには既にうちから監視が付いてる。後回しにしても大丈夫だ」

「住人の…」

「話し合うのは仕事の話じゃない、と言っただろう。逃げるな」

「逃げてるわけじゃありません…」

「だったら、俺とお前の話が最優先だ。お前は戦って自分の目的を遂げた。あの連中のことを考える必要はない。あの場で俺が命じたことは実行されるし、俺は何も犠牲にしなかった」

「…本当に？」

「秘書の返事は聞いていただろう？　それでも心配なら言ってやるが、元々土田からは買い叩いていた。住人の占拠で売るのが遅れたが、買い手は決まってる。やつ等が出ていけばすぐにでも契約して売り払う。住人達に支払う分を差し引いても、儲けは十分だ」

「でも、保証を固辞してたじゃないですか」

「当然だ。特例を儲けて保証してやったら、次に同じことがあった時に『あそこでは保証してたでしょう』と言われるからな。前例は作れない。それに、儲けを削られたくはなかったからな。お前に全てくれてやってもいいと言ったが、くれてやってもその分は他所で稼ぐつもりだった」

「そんなものは…」

「贈られるのが怖いんだろう？」

俺は手を伸ばして彼の手を握った。

「心のない、一方的な押し付けは贈り物とは呼ばないぜ」

「…あなたが、あそこで引かなければ私は法廷闘争に持ち込むつもりでした」

「また仕事の話か。そうだな、無茶な要求だったら、俺はそれを受けて立っただろう」

「本当に？」

握った彼の手が、強く握り返される。

「私がもしあなたの敵に回っていたら、私をここに呼びましたか？」

「呼んださ。お前が来るかどうかはわからんが、俺にとってこんなことは何でもない。それはお前に奉仕するという意味じゃない。俺はお前に与えてやりたいものよりも、もっと多くの物を持っている。たかがこの程度のこと、大したことじゃないからだ」

「何億もするホテルが大したことないなんて…」

「俺を見くびるなよ。金なら腐るほど持ってる。一年や二年営業しなくても、会社が潰れるようなことはない。ただ、経常利益がないとうるさく言う連中がいるだけの話だ」

向けられる視線にはまだ疑いが残っていたが、どうしてそれほど潤沢な資金があるか、ということは説明してやれなかった。

まがりなりにも彼は弁護士で、俺の集める金が全て合法とも言い切れないので。

「俺は服部とは違う。自己満足のために何もかもをお前にくれてやるようなことはしない。俺には他に背負うものがあるからな。俺が全てをやるのは、お前が俺に全てを望んだ時だけだ」

「望んだら、全て差し出すんですか…？」

「間違えるな。差し出すんじゃない、押し付けるのでもない。お前を幸福にするための行為だ、お前の愛を得るためのことだ。自分が『ああ、してやった』と満足するためでもない」

「海江田さん…」

「俺は服部とは違う。『お前が望むなら』と言ったんだ。お前が願いも望みもしないものまでくれてやるつもりはない。服部のことを思い出すな、比べるな、俺を見ろ」

篠原はじっと俺を見ていた。

その目に映っているのはもう自分だけだという自負があった。

「あなたと…、服部さんが別人だなんて、もうとっくにわかっていました」

彼がその自信を裏付ける。

「あなたは、あの人とは違う。もっと激しくて、強引な人だ。だから…、心惹かれていました」

「篠原」

「でもだからこそ、怖かったんです」

伏せた彼の睫毛《まつげ》が震える。

「違うと思っていたあなたが、彼と同じことを言い出したから。私に何でもやる、と言ったでしょう？　あの時…、怖かった」

「全てをくれて、満足されて終わると思ったからか？」

それは先日の会話で聞いていたから、促してやる。すると彼は小さく頷いた。

「与えて、満足されて、それで終わるくらいなら何も受け取りたくなかった。もしかして自分が知らない間にあなたに何かを求めてしまっていたのかも知れない。あの時も、自分は服部さんに『そうしてくれ』という態度を見せていたのかも知れない。私は、強欲な人間なのかも知れない」

「篠原」

「そう思うと、あなたの側にいるのが怖かった。知らない間にあなたに何かを寄越せと訴えていたのかも知れない。私があなたと知り合ったのは間違いだった。同じことを繰り返して、同じ結果を招くのかも知れないと…」

この頑丈な俺を見て、どんな暗い影に怯えたのか。

自分としては笑い話だが、篠原にとってはそうではなかったのだろう。『同じ顔』というのは本当にやっかいなものだ。

「強欲なのは俺だ。だが俺はそれを悪いことだとは思わない。欲しいものを欲しいと言って何が悪い。俺はお前が欲しい」

「私はあなたから逃げたのに？　あなたの敵に回るのに？」

「それがどうした。逃げたら追う、敵になったら容赦なく戦う。だがそれと恋愛は別だ」

俺は握っていた手をグッと引き寄せた。

つられて彼が腕の中に飛び込んで来る。

「何度でも逃げるがいい、何度でも挑んでくればいい。俺は気にしない。それが辛いのなら、お前が全てを手放せ。俺はお前が何も持っていなくても関係ない。お前はどうだ？　俺が何かを持っていなければ惚れないのか？　服部と似ていなければ近づかないのか？」

「いいえ…」

篠原は、俺の腕から逃れようとはしなかった。

「でも、もう何かを…」

「能書きはいい。何も考えずに、一つだけ質問に答えろ」

「…質問？」

俺に必要なのは、ただ一つのものだけだ。

身体なら力で手に入る。だが何をしようと俺だけの力では手に入らないものがある。それが俺のものになったのかを確かめたかった。

「俺に惚れたか？」

答えには、自信があった。

篠原が、逃げずに俺の前に立ったから。俺を破滅させるのが辛いから別れると言い出したから。

俺が服部とは違うと言い切ったから。

それでも、この口から答えを聞きたかった。

「俺が欲しいか？」

篠原は顔を上げてじっと俺を見た。

弁護士らしい理屈っぽい頭の中で色々考えているのか、理屈を無視して湧き上がってくる感情を確認しているのか。瞬きもせず向けられる真っすぐな視線。

その目が、じわりと潤んできた。

あの日、そうであったように、涙が溢れてくる。

だがそれは過ぎた時のために流す涙ではなかった。

「好き…です」

答えた彼が瞬きをすると、涙は頬を伝った。

「海江田さんが…、欲しい」

口にするのは、俺の名前だった。

それだけでいい。これ以上、もう訊くことなどない。

「なら、もう何も考えるな」

そうだ。

もう何も考えなくていい。

過ぎた過去も、仕事の争いも。相手が何を欲しがるか、与えられたものにどう応えるか、優しくすることもされることも、甘い囁きも、慰めの言葉も。

前の男はこうだった、普通はこうすれば喜ぶなんてこともいらない。今、目の前にいる相手に自分が何をしたいかだけでいい。

言い訳も説明も、何もかも必要ない。

二人の間に心があるのなら、することは一つだけだった。


抱き寄せて、唇を奪う。

リビングからベッドルームまでの短い距離ですら、時間が惜しかった。

だが合意なのにソファで押し倒すのは、さすがにガッつき過ぎだろう。

だから、ベッドまでは我慢した。

彼と出会って、欲望を抱いて、何度も我慢したが、きっとこれが最後だろう。そう思えば、まあ我慢できる距離だった。

「男は初めてか?」

問いかけると彼は怒ったように「当然です」と答えた。

「じゃあ、この間は酷くした」

本当に悪かったと思って言ったのに、彼は頬を染めて首を振った。

「いいえ…。あの時…、あなたは服部さんと違うのだと確信しました。この人は…、私に与えるだけじゃなく、私にも求めてくれてるのだと思って…」

「あの時に惚れた?」

まさかと思って訊くと、答える代わりに彼は俯いた。

「けれど同時に、怒らせて嫌われたとも思いました。部屋に一人で置いていかれた時、自分が応えなかったから、業を煮やして欲しいものだけ奪って去って行ったのだと…」

「失敗したな、あの時にもっと優しくしておけばよかった」

「いいんです。ここまで来たから、私はあなたの前に立てる。一方的ではなく、ただ優しくされるだけでもないそんな関係があるのだと…、やっと信じられるから…」

ベッドルームで、もう一度キスをしてから、彼の服に手を掛ける。

今日は、彼を押さえ込むための手は必要ないから、ゆっくりとネクタイを外し、スーツを脱がしてやる。

人の気持ちはわからないものだ。

優しく大切にしているだけではこの男は手に入らなかった。

酷くして、強引に奪ったから、ここにいるのだと言う。

俺も、彼が簡単に手に入る相手だったら、こんなに追いかける気になったかどうか。

偶然が折り重なり、今やっとここで彼に触れることができる。

ベッドに座らせ、軽く押し倒し、もう一度唇を重ねる。

「服部とはキスもなしか？」

「…だから、憧れてただけだと言ったじゃないですか…」

「それなのに俺に抱かれることに抵抗は？」

「ある、と言ったら止めてくれるんですか？」

「いいや。我慢しろ、と言う」

「それなら、訊かないで…」

それは、怖いけれど受け入れるという答えと受け取った。

ワイシャツのボタンを一つずつ外し、開いた肌に順に口づけてゆく。

唇が触れる度、その身体は小さく震えた。

優しくゆっくりと愛撫することが、彼にとっては辛いことになるかも知れない。男を知らず、ましてや女ともやり尽くしたとは思えない彼には、焦れるもどかしさというのも初めてだろう。

こちらの思うように奪ってやった方が、彼にとっても気が楽かも知れない。

気づかぬうちに流された、という方が。

だが俺はそれを許さなかった。

「…あ」

じっくりと、身体の内側から篠原が感じ始めるまで、丹念に愛撫をし続ける。

手を取って指を舐め、シャツを開き脇腹をゆっくりと撫でる。

耳に口づけて、舌を這わせ、脚の付け根を探る。

だが核心には触れてやらない。

「…ん…」

自分の中にいるケダモノに『待て』をかけ、煽れるだけ彼を煽る。

「…海江田…さん…」

「何だ?」

「女性のように…扱わないで…」

「女のように扱ってなどいない」

「でも…」

「この間は酷くしたからな、今度は優しくしてやりたいだけだ」

彼には見えないだろうが、俺はにやにやと笑っていた。

そろそろ感じてきたか?

欲しくなってきたか?

だとしたら嬉しい、と。

「優しくなんて…」

「この間は傷付けただろう? 帰りも辛かったんじゃないか?」

優しい言葉の中に潜めるちょっとしたイジワル。

こういう『優しさ』もあるのだと、お前は気づくだろうか？

「傷が消えるまで…、あなたを想っていられました…」

「可愛いことを」

だがそんなイタズラ心も、いつまでも続かない。

彼の意図せぬ誘い文句に、こちらが煽られてしまう。

だがまだ我慢だ。

我慢した後の解放感が、喜びを生むということを篠原に教えられた。

そしてその喜びは容易に得られるものよりも大きいと知っている。

だからまずは彼の悦《よろこ》びだ。

「あ…、や…」

この間は、後ろめたさがあって、ちゃんと顔を見ることができなかった。

だが今回はその顔もじっくりと眺められる。

キスしながらも、時々身体を起こして様子を窺うと、彼は何かに耐えるように眉根を寄せ、薄く開いた唇で浅い呼吸を繰り返していた。

もうそろそろいいか。

俺は彼のズボンに手を掛け、ファスナーを下ろすと、そのまま一気に引き下ろした。

「あ」

と小さな声が上がり、反射的に手がそれを止めようとする。

だが、彼の下半身は剥き出しになり、細くしなやかな脚が露になった。

「か…海江田さん、やっぱり…」

「やっぱり?」

筋肉のついた脚は、膝を揃えて横へ逃げた。

「こういうことは…」

その膝を捕らえて大きく開かせる。

「あ…!」

丹念に愛撫を繰り返したせいで、彼のソコはもう硬く勃《た》ち上がっていた。

「や…、待って…」

彼が恥じらいに身を捩《よじ》ったが、膝を掴まれたままではもう隠すことはできなかった。

「今更、こういうことは止めようだの、怖いだの言うなよ。止まるような気持ちじゃない」

「でも…、あなたにこんなことを求めていいのか…。私は…」

「お前は考え過ぎだ。心のままに求めろ。もうたまらないだろう? もっとして欲しいんじゃないのか?」

「そんな…」

「なまじ頭がいいから、余計なことを考えるんだ。もっと意識が飛ぶようにしてやろうか？」

言うなり、俺は彼のモノを口に含んだ。

「いや…っ！　あ…」

先の濡れた彼の肉塊に舌を巻き、強く吸い上げる。

「いや…、本当に…」

慌てて彼の手が俺の髪を掴み、引き剥がそうとする。

けれど力が入るはずもなく、ただしがみつくだけのような格好になっていた。

髪の間に入り込んだ指が、舌を動かす度に震える。

「もう…。あ…ぁ…」

今の顔が見られないのは残念だが、声だけでもイケた。

膝を掴んでいた手を脚の奥へ進め、隠そうとする場所の一番奥へ。

「いや…っ」

入口に指先が触れると、身体は大きく跳ねた。

傷が残っていないかを確かめながら、襞を撫で回す。

ゆっくりと円を描きながら中心を求め、先を咥えさせると、肉がぎゅっと窄まりそれを拒んだ。

「海江田さん…っ」

強引に指を中に沈め、咥えさせたまま前を嬲《なぶ》る。

篠原の浅い吐息はだんだんと艶《つや》めいた喘ぎに変わった。

「私だけ…にしないで…。あなたも…。与えられるだけじゃいや…」

だが、俺は彼をイかせるまで、そこから口を離さなかった。

歯を当て、舌で撫で回し、吸い上げ、先端だけを舌で舐める。

性器への直接の刺激に彼が耐えられるはずもなく、すぐに彼は熱を放った。

「あぁ…っ」

声と共に、口の中に苦いものが広がる。

指を咥えた場所が痙攣する。

そこでやっと身体を離し、口を拭うと自分の服を脱ぎ捨てた。

まだ残っているワイシャツに包まれた身体は激しく上下し、乱れた姿を整えようとする気力も失っていた。

「私だけにしないでと…言ったのに…」

「お前だけ悦《よ》くしてやってたわけじゃない。安心しろ」

開いた脚の間に身体を置き、その脚を抱える。

「俺は今からだ。傷付けないために解してただけだ」

「…あ」

膝頭にキスして、内股を摩《さす》る。

「泣いても喚いても、欲しいものは奪う。嫌なら逃げてもいい、と言うだけ言ってやろう。だが逃げても引きずり戻す。お前はもう俺が欲しいんだろう？　だったら遠慮は必要ない。そうだな？」

「逃げたりしません…」

「上等だ」

観念したように脚の力を緩めるから、そこがよく見える。

彼の秘部に目を向けると、想わず喉が鳴った。

「好きなだけ、俺の名を呼べ。好きだと、気持ちいいと、大きな声で喚いていい。俺はお前に惚れてるからな、聞かせてもらえれば嬉しい」

猛る己のモノを引き出し、彼に押し当てる。

きっと…、お前のことだから、服部という男に優しくされている時も、相手に心がないとわかっているから『好き』と言うこともできなかっただろう。

亡くしてから、その名を呼ぶのも辛かっただろう。

だがもうそんな男のことは忘れてしまえ。

ここにいるのは俺で、お前はこの俺を好きなだけ『好き』と『愛している』と言っていいのだ、名前を呼んでもいいのだ。

そのことで幸福を感じるがいい。

俺は、お前が理性を失って溺れてゆく様を見て幸福を感じるだろうから。

「海江田…さん」

 萎えた彼のモノを握り、再び勃たせるための刺激を加える。

 入口に己の先を合わせ、無理に挿入はせずに身体を重ねる。

 近づけた顔で口づけ、指先で胸を弄ると、重みがかかって先だけが肉にしっとりと包まれるのを感じた。

「あ…」

彼の顔が、彼が感じている感覚を如実に表していた。

目が閉じられ、睫毛が震える。

眉頭に皺が寄り、苦悩の表情を作る。

けれど唇は淫らに開き、喘ぐからだんだんと乾いてきているのがわかった。

それを濡らすかのように、無意識に舌が蠢《うごめ》くのが色っぽい。

「海江田さ…ん…」

言われたことを忠実に守ろうとするかのように、彼は何度も俺の名を呼んだ。

「篠原」

だからその名を呼び返す。

耳元で。鼓膜を愛撫するようにそっと。

「…あなたが…好き…」

すると、彼は顔を真っ赤にして、涙を拭うような仕草で手で顔を隠しながら告白した。

「私を…、壊すほどに求めてくれるあなたが好きです…。あんな目にあいながら気持ちが強くなるなんて…はしたないと思うけれど…私の気持ちに応えてくれる証しが欲しい…」

甘く誘う言葉。

「嫌というほど、くれてやるさ」

首筋から下ろしてきたキスで肩口に痕を残す。

痛みを与えるほど強く吸い上げると、赤い斑が浮かんだ。

身体を起こし、彼の脚を抱え、己のモノに手を添え、彼を求めた。

「あ…！」

解したとはいえ、慣れていない彼の身体は侵入者を拒んだが、戸惑うことなく貫く。

「…い…っ！」

熱い肉がぴったりと俺を包み、呑み込んでゆく。

篠原は、唇を噛み締め、痛みと快感に耐えていた。

痛みを弱め、快感を強め、彼を行為に酔わせたいとは思うが、もう篠原の様子を気遣う余裕などなかった。

視覚も感覚も、俺を野生に戻す。

もっと声を上げさせたい。綺麗な顔を崩したい。彼の頭の中にある俺以外のこと、前の男や仕事や羞恥心を、全部消し去りたいと突き上げる。

「あ、あ、あ…」

腰を抱えて貫くと、腰の動きに合わせて声が途切れながら溢れた。

内壁を擦り、イイトコロを探しながら彼を責めると、一瞬呼吸が止まり強く締め付けられる。

ここがいいのか、と残忍に笑みを浮かべ、そこを狙う。

「いや…っ、いい…」

困惑したように首を揺らし、彼は俺を求めて手を伸ばした。

濡れた瞳が開き、こちらを見つめる。

「海江…田…さ…。や…っ」

「しがみつけ、爪を立てろ。もっと淫らに崩れろ」

抜き差しを繰り返す場所の摩擦が、互いを高め合う。

篠原のモノは再び硬く張り詰め、俺のシャツを濡らしていた。それを包み込み、緩く握ってやるとのけぞった彼の細い顎が見えた。

彼を握る俺の腕に、篠原の指がかかり、爪を立てた。

震えながら食い込んでくる爪の痛み。

ゾクゾクした。

今、自分は彼を食らっている。ガラス超しに綺麗だと眺めていたものを鷲掴みにし、自らの口に運んで飢えを満たしている。

「…もっと」

求めるように彼が動きを合わせてくるから、閉ざされた狭い肉を裂いて余計に深く求めた。

痛みを与えているかも知れないと思いながらも、動きは止まらなかった。

「あ…、ん…っ、嬉し…」

篠原が、堕《お》ちてくるから。

「もう…」

悦びにうち震えながら、涙を流すから。

俺の与える痛みに歓喜するから。

「悪いな、優しい男じゃなくて」

そんな言葉だけの謝罪も耳に届かぬほど、俺に溺れていたから、彼を壊し続けた。

愛をもって、その全てを自分のものにすることに夢中だった…。


「聞いてるんですか?」

時計を確認しながら上着を羽織る俺の横で、麻生はイライラとした様子で声を上げた。

「聞いてる、聞いてる。土田は逮捕されたんだろう？　大手の銀行が絡んでてよかったな」

「銀行側との折衝はどうするんです？」

「もう特にする必要はないだろう。こっちはかかわらない方がいい。もし問題があるなら久保田に任せる。そのために高い顧問料を払ってるんだ」

デスクの上のパソコンのモニターをもう一度チェックし、特に重要な案件がないことだけは確認した。

後で文句を言われると面倒だから。

だが俺の行動を妨げるようなものは何もない。

「ですが、もっと細かい指示を…」

「久保田が『一人ではできない』と言ってきたら考えるさ」

「社長」

パソコンの電源を落とし車のキーを取る俺の後ろに、麻生は金魚のフンのようについて回った。

「俺は別の仕事がある。遅刻しないように出ないとな」

「…仕事？　デートの間違いでしょう」

吐き捨てるように言う彼の態度の悪さも、許してやろう。

今の俺は機嫌がいいから。

「仕事もするさ」

「仕事だけしていただきたいんですがね」

「お前達を信用してる」

「こんな時ばかり…。ではせめて指示を」

「上手くやれ、それが俺の指示だ」

それだけ言うと、まだ何か言いたそうな麻生を置いて、俺は社長室を出た。

機嫌がいい理由は二つある。

一つは、さっき連絡の入った土田が正式に身柄確保された、ということだ。

我々が土田の潜伏先に踏み込み、彼の持ち歩いていた財産の中からクリスタルホテルの住人達の敷金分を取り上げることができた。

そこで『俺達は』土田を解放したが、彼に泥をかけられた寺島は彼の所在を掴んだことを銀行にリークしたのだ。

土田が借金を踏み倒していたのは大手銀行だったので、彼等はすぐに警察に届けた。そして相手が大手銀行とあって警察も迅速に動いた。

詐欺罪、というのが罪状だ。

現在は警察に身柄を拘束され、裁判を待つ身となり、俺達が残してやった財産も全て銀行に持っていかれてしまった。

無一文の犯罪者、それが土田の末路だ。

いい気味だ。

この俺をたばかるなぞ、十年早い。

せいぜい臭いメシを食ってくればいい。

もう一つの御機嫌の理由は、もちろん篠原だった。

彼が俺を求めてくれた日、我を忘れるほど彼を抱き続け一夜を過ごした。

ベッドで二回、風呂で一回。

食事を摂ることも忘れ、彼を貪り尽くした。

さすがに辟易されたかとも思ったが、翌朝俺の隣で目を覚ました篠原は、身体中に残る行為の痕を見て微笑んだ。

「これがあなたの気持ちなんですね」

と言って。

「これほど望まれたことが本当に嬉しい。何よりの贈り物です」

その一言で、彼が愛情に飢えていたことを知った。

仕事もできる、顔も性格もいい。

そんな彼ならば、いくらでも好意は受けていただろう。だが彼の求めているものはもっと別のものだったのだ。

そしてそれを与えられるのは、自分だけだ。

こんなに清廉な篠原を、壊してでも愛したいと強く思う、傲慢で強引な自分だけなのだ。

その事実を確認し、抱き寄せてキスした時、彼は名実共に俺だけの恋人になった。たとえ仕事では自由にできないとしても、だ。

これが御機嫌にならずにいられるか。

そして今から、その篠原を迎えに行くともなれば、秘書の小言も、山積みの仕事も、組長社長としての威厳もどうでもいい。

駐車場に停めてある車に乗り込み、約束の場所へ時間を気にしながら向かう車中でも、口元の笑みが消えなくて困るくらいだった。

約束の場所である、彼の事務所近くの駅前で篠原の姿を見つける。

ハンドルを切って、彼の前ギリギリに停車し、窓を開ける。

「待たせたか?」

と訊くと、彼は少し怒った顔で俺を睨んだ。

「乱暴運転ですね。道交法に抵触しますよ」

「そんなヘマはしない」

「そういう過信が…」

「もし事故っても、うちの弁護士が上手くやる」

「弁護士というのはそういう存在ではありません」

文句を言いながらも、彼は車を回り、助手席に身を沈めた。

「いいニュースがある。土田が警察に捕まった」

彼はその知らせに驚きの声を上げた。

まあ当然だろう。

「え？　でもまだ交渉中なのに。彼の資産は凍結されたんですか？」

土田の所在を教えた後、篠原は久保田弁護士や寺島達と土田を訪れて交渉に入ったのだ。正式に法律の手続きに則って金銭を契約者達に返却するように、と。

土田はもちろん知らぬ存ぜぬを繰り返し、篠原は『長くなるかも知れません』と言っていた。

だが俺としては、はっきりとした答えが出るまで待ってやる、なんて優しいことができるわけがない。

何せ、俺は優しくない男なのだから。

そこで、彼を帰した後、寺島達に追い込みをかけさせ、土田から必要な金を奪い取ったのだ。

必要以上は取らない、だが必要な分を支払わなければどうなるかわかっているだろうな、と。

俺達が何者であるかを知っていた土田は、当然素直に支払った。その後で、彼を銀行に売ったのだ、債権回収ができたら一部を内々にウチに横流しするように、と言って。

その結果が、今日の報告だった。

そのことを説明してやると、篠原は怒った。

「そんなことしたんですか？　土田氏とは気長に交渉するはずじゃなかったんですか？」

「俺もそれを考えてはやったさ」

ほんの二、三秒だけ。

「だが、あいつから金が取れれば元クリスタルホテル店主達が早く立ち退いて、新しい店を開いてくれる。そうなったらお前と俺との間に仕事というわだかまりがなくなり、晴れて恋人として付き合えると思うと、つい気が急いてな」

「…そんなこと言っても、ごまかされませんよ」

「ごまかしじゃないさ。言っただろ、俺は損をするのは嫌いだが、金に困ってるわけじゃない。クリスタルホテルの住人を追い出したかったのは、あそこを売るチャンスを逃したくないということもあったが、部下が騙され、俺の失態となった物件をいつまでも手元に置いておきたくなかったからだ。ま、何よりお前との関係をスムーズにしたかったってこともあるが。とにかく、金が欲しくて焦ってたわけじゃない」

ハンドルを切り、車は幹線道路を外れ、瀟洒《しょうしゃ》な住宅やマンションが建ち並ぶ道を進んだ。

「でも…」

「ああ、そういえば一つお前に訊きたいことがあったんだ」

彼の口を塞ぐために、先制して質問を口にする。

「何です」

彼は丸め込まれてると知りながら、自分の言葉を収めた。

「以前、お前の事務所の前で山崎って男に会っただろう。あいつに『あんたか』呼ばわりされたが、何か言ったのか？」

「…服部さんによく似た人と知り合ったとだけ。山崎さんは服部さんの同期ですから、親戚か何かでしょうか、と」

「それだけか？　随分睨まれたぞ」

「私が、服部さんの身代わりで入ったということを気に病んでいたので、それはそれこれはこれだと慰められていたんです。いない人間と自分を比べるなと」

「そうか。俺はまた、あの男もお前を狙ってて、俺に牽制してきたのかと思った」

「そんなこと、あるわけないでしょう。彼はちゃんと女性の恋人がいます」

「それはよかった。さあ、着いたぞ」

車は目的の場所、俺のマンションの駐車場に滑り込んだ。

エンジンを止め、車を降りる。

「土田氏からお金を巻き上げたのなら、私と何を話し合おうっていうんです？」

不満げながらも、篠原もそれに続く。

「まだまだ色々あるだろう、話し合いなんて」

「それはまあ、まだ住民への返金の分配率とか、引っ越し代のこととかありますけど…」

建物に入り、エレベーターに乗り、自分の部屋へ。

「ここはいいところだろう？」

「え？　ええ。いいところですね」

「都心で、立地もいいし、まだ新しいし。お前、今どこに住んでるんだ？」

「私はもっと普通のマンションです。事務所まで電車で四十分以上かかります」

「電車なのか？」

「弁護士はあまり自分で車の運転はしません。事故を起こしたりしたらその後の信用にかかわりますし、渋滞にはまって約束の時間に遅れることもあるので、時間の読みやすい電車の方が結局便利なんです」

「そんなもんなのか？　ここからだと地下鉄のＧ線を使えば二十分くらいだろう」

「事務所に？　ええ、そうですね」

部屋のドアを開けると、彼は僅かな異変に気づいた。

「何か…、物が少なくなってませんか？」

「玄関先の靴や、出しっ放しのゴルフバッグをしまったからだろう」

彼の疑問を置き去りにして奥へ進む。するとリビングには、疑問程度ではない変化があった。

「応接セット、買い替えたんですか？」

「ああ」

そこには彼を強姦した時のソファはなくなっていたから。

「俺的には悪い思い出じゃなかったが、少し汚れてたからな。新しいのにした」

汚れの意味に気づいて彼が頬を染める。その篠原を伴って、リビングの奥へ。

「ここで話すんじゃないんですか？」

「話はここでするが、その前に見せるもんがある」

「見せるもの？」

「これだ」

そして俺は今日の目的である奥の部屋のドアを開けた。

「え…？」

扉の中は、空っぽの空間だった。

以前は本などを置いた来客用のベッドルームだったのだが、どうせあまり使いはしないからと、全て他所へ移して空けたのだ。

「お前の部屋だ」

「は？」

「広さは十六畳あるから十分だろう。足りなかったら他の部屋も使っていい。ここなら今のところより仕事場に近いし、文句はないな」

「ち…、ちょっと待ってください。それって…」

「お前はここに住むんだ」

「そんなこと…！」

「本当はお前をウチの顧問弁護士にしたいが、企業弁護士にはまだ実務経験が足りないから、あと三年は我慢しなけりゃならないだろう。それまでお前を野放しにはできん」

「野放しって…」

俺は隣に立つ、まだ戸惑っている篠原を抱き寄せた。

「お前に対して遠慮と我慢は止めたんだ。お前に側にいて欲しいから呼び寄せる。仕事はさせてやるが、それ以外のお前の時間を全て俺のものにする」

篠原が、『自分は本当に必要とされて居るか』『愛されているか』と自分に問いかけなくて済むように。俺は欲を抑えることを止めた。

与えられるばかりで、返せるものがなくていいのだろうかと不安にも思わせない。

俺の欲しいものは、お前だと、はっきり態度で示してやろう。

ここから先、篠原が俺から受け取るものの全ての代価はお前という愛情一つでいいのだと。それで等価交換になるのだと。

「私は…、変わってるのかも知れません」

彼は俺の目を見て、微かな笑みを浮かべた。

「勝手にこんなことをして、私の生活のことを考えもしないでと怒るべきところなのかも知れませんが、…とても嬉しい」

お前は、愛に縛られたいのだ。

包まれるだけの好意では満足できないのだ。

だから俺はそれに応えよう。

「ここに揃える家具も買い与えてやる」

「それはいりません」

「いや、家具も、服も、車も必要なら買おうと思っていた。生活の全て、何もかも俺が買い与える。そしてお前はそれに縛られるんだ。こんなに貰ってしまっては、この人の側を離れるわけにはいかない、と。だが優しくしてやりたいから与えるんじゃない、自己満足でもない。お前を縛るためだけに、俺は全てを使う。どんな手段を使っても、お前を手元に置きたいからだ。俺の渡すものは、お前の全てと引き換えだ」

「海江田さん…」

目の前の笑顔が泣き顔に変わる途中で、俺はその唇を奪った。

篠原がためらいがちに受け入れるから、少し長く。

「というわけで、仕事の話なんてものは後回しだ。新しくした俺のベッドルームの使い心地を確かめに行くぞ」

「待ってください、私は仕事のために…」

「一度フラレて、優しい男は廃業したんだ。来い、足腰立たなくなるまで愛してやるから」

「海江田さん…！」

彼の抵抗を無視して、そのまま自分のベッドルームへ連れ込む。

疑う隙もないほどに、お前を愛してやろう。

付けられる傷痕に、これほど求められたと笑うお前のために、俺はこの牙と爪を研いでおき、存分にお前を傷付けてやる。

逃げても、戦っても、この気持ちは変わらないという証しのために…。

あとがき

皆様、初めまして。もしくは、お久し振りでございます。火崎勇《ひざきゆう》です。

この度は「さよなら優しい男」をお手に取っていただき、ありがとうございました。

イラストの木下《きのした》けい子《こ》様、素敵なイラスト、ありがとうございます。担当のK様、T様、お世話になりました。


ここからはネタバレがありますので、まだ本編を読んでいらっしゃらない方は、後回しにしてくださいね。

さて、今回のお話、いかがでしたでしょうか?

さよならする「優しい男」とは、誰のことか…。

さよならを言う方が篠原《しのはら》なら、言われる相手は服部《はっとり》です。でも実はさよならを言うのは、海江田《かいえだ》なんです。

海江田が、それまで優しい男でいようとしていた自分と決別する、という意味なんです。

純愛に近い恋をして、篠原のために優しい男でいようと努力していた。

けれど、いい感じに近付いていた篠原が、自分の気持ちを理解しようともせず、問答無用で逃げてった時「もう優しい男なんてオサラバだ」と思ったわけです。

優しいだけでは、この男は手に入らない。だったら優しい男でいる必要などない、と。

そして優しい男ではなくなったから、篠原が手に入ったのです。

ちなみに、作中でも書いてますが、服部と篠原はそういう関係ではありませんでした。篠原の初めての男は海江田ですから、ご安心を。

そんなわけで、めでたく纏まった二人ですが、まだまだラブラブというわけにはいかないと思います。

今回のクリスタルホテルの一件は片付き、海江田はばっちり儲けて終わりました。篠原も店の移転先が見つけられて面目躍如。

でも他にも作中にトラブルのタネが…。

実は、最初はあの山崎《やまざき》、篠原狙いのつもりだったんです。

山崎は服部が生きてる時から篠原狙いで、篠原の気持ちも知っていた。だから、服部が亡くなったら次は自分のチャンス、と思っていたのに、ある日突然「服部さんにそっくりな人と会ったんです」とちょっと嬉しそうに報告されて苦々しく思っていた。

なので海江田が強面でもケンカを売ってた…、と。

まあ今も、どっちともとれる反応ですよね。心の中では…っていう。

で、もしこの山崎がホントに篠原狙いだとしたら。

それはもう問題ですよ。戦いですよ。

まず、篠原の態度から何となく彼に恋人ができたことを知り、それが海江田だと調べる。相手が海江田でも、法律で武装して戦うでしょう。海江田が本物のヤクザだと分かった途端、看板の付け替えで逃げ切れると思うなよ、状態。

で、海江田の方も山崎が自分のライバルになったと察すると臨戦態勢。

最終的には篠原を挟んで「どっちを取るんだ」と迫る。

優しい篠原は悩むかも知れないけれど、まあやっぱり海江田の手を取るでしょう。たとえそのせいで仕事を失っても。

今まで一緒にいても恋に発展しなかった山崎が相手では、海江田の圧勝でしょう。

もう優しい男ではなく、自分の望む通りに恋を掴み取る男になったからには、どんなライバルが出てきても海江田はそんなに焦らないかも。

…では、海江田狙いが現れたら篠原はどうするのか？

「行かないで」の一言が言えず、ただヤキモチを焼いたり、落ち込んだり。でも相手が理不尽だと、案外戦うかも。スイッチが入れば、法廷でも戦える人ですから、見ものです。

それでは、そろそろ時間となりました。またの会う日を楽しみに。皆様御機嫌よう。

ルナノベルズ既刊案内

椿の下で

火崎　勇　*illust* **佐々木久美子**

『幼なじみ』で『弟のよう』……。彼にとって自分はそんな存在であると知りながらも、密かに克巳を想い続けている光美。まだこの感情が恋だと気付かずにいた頃、無邪気に兄みたいに好き、と伝えてしまったせいで、今更想いを告げることもできないでいた。しかも、克巳が相続した、昔は旅館今はラブホテルとなっている洋館で働く光美は、彼にずっと探している女性がいるらしいと聞き……。始まりも終わりもない、この一方通行の切ない恋の行方は——。

ルナノベルズをお買い上げいただき
ありがとうございます。
この作品に対するご意見、
ご感想をお待ちしております。

〒173-8558　東京都板橋区弥生町 77-3
株式会社ムービック　第6事業部
ルナノベルズ編集部

LUNA NOVELS
さよなら優しい男

著者　火崎 勇 ©You Hizaki 2011
発行日　2011年2月5日　第1刷発行
発行者　松下一美
編集者　林　裕
発行所　株式会社ムービック
〒173-8558 東京都板橋区弥生町 77-3
TEL 03-3972-1992　FAX 03-3972-1235
http://www.movic.co.jp/book/luna/

ISBN 978-4-89601-788-5 C0293
Printed in JAPAN